深夜食堂

シンヤショクドウ

12

安倍夜郎

菜單

清晨6時

第156夜◎番茄炒蛋

「丈先生是怎麼開始彈吉他的？」甲斐問。丈先生淡淡地說……
那是因為要吸引女人啊！
唉喲，跟我一樣呢！
久等了，番茄炒蛋。
丈先生最喜歡的。

丈先生不是
大家都知道的名人，
但他經常支援各類
音樂家的演出，
或跟他們合奏，
圈內人就知道。
最近他好像常常
跟這位甲斐一起現場演奏。
彈吉他就能
吸引女人嗎？
這樣啊，
那我現在
開始彈吉
他好了。
太遲啦！
那當然，
丈先生結過
三次婚呢！

喀啦
歡迎光臨。
啊，喬二，好久不見。
阿丈！甲斐也在啊，剛好，我來介紹。
翔平是今天才從鹿兒島來的。
戴帽子的是吉他手城島丈，染頭髮的是佐藤甲斐。
喬二先生在四谷有一家展演空間，他認識很多玩音樂的。
您是城島先生？我是您的粉絲。
謝謝，來這裡坐吧！

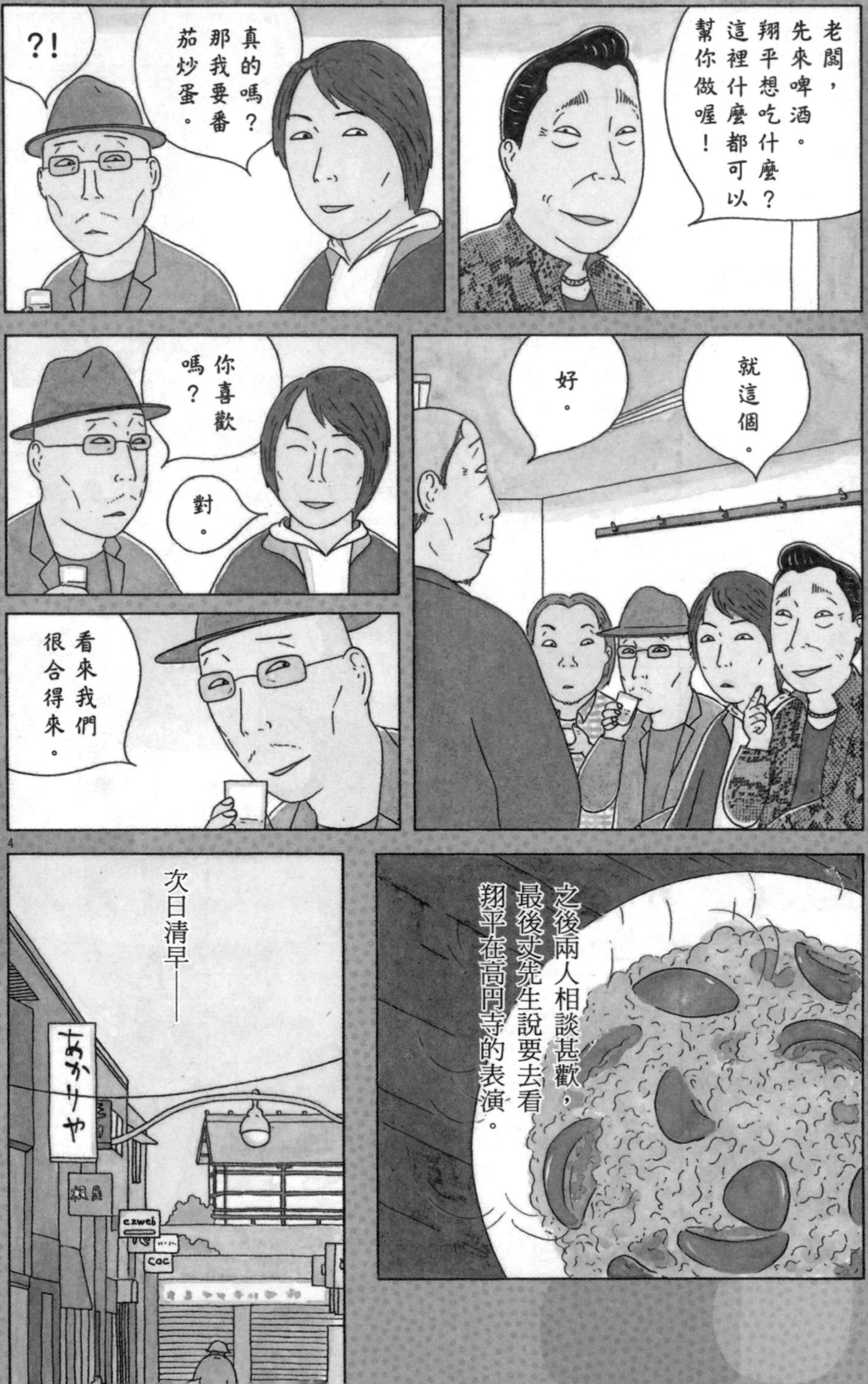
老闆，先來啤酒。翔平想吃什麼？這裡什麼都可以幫你做喔！
真的嗎？那我要番茄炒蛋。
?!
就這個。
好。
你喜歡嗎？
對。
看來我們很合得來。
之後兩人相談甚歡，最後丈先生說要去看翔平在高円寺的表演。
次日清早——
あかりや
ezweb
coc

早安！
歡迎光臨，心情很好呢！
很好啊！翔平作的曲子很棒。
這樣啊，太好了。丈先生很少稱讚人的。
真高興。
老闆，番茄炒蛋。
好。
我以前不敢吃番茄……
後來我媽做了番茄炒蛋，我就變得非常喜歡番茄了。

嗯，真是好媽媽。她幾歲啦？
應該是四十八歲吧？
比我小呢，真不賴。
咚—咚—
東京果然很棒啊……
……
下次什麼時候再來？
二月大概可以吧！
下次我們一起演出吧！
咦，真的嗎？

也叫甲斐來吧！他吉他彈得不怎樣，但手風琴很厲害。
好啊，就這麼說定了！
嗯。
二月翔平演出時，中型的展演空間大爆滿。因為丈先生之前到處宣傳，說翔平「很不錯」。
演出結束後，翔平的媽媽跟女友到後台來。
從鹿兒島來的嗎？
翔平好像不知道媽媽會來，非常驚訝。他媽媽……

阿丈，好久不見。謝謝你照顧翔平。
洋子?!
明天下午能騰出時間嗎？
我知道了……
接著她轉頭對翔平說——
青蛙的兒子果然是青蛙呢！
咦？

喀啦
丈先生?!
……
洋子小姐
跟丈先生分手，
回鹿兒島後，
發現自己懷孕了。
她帶著襁褓中的翔平再婚，
先生去世之後，
自己一人經營美容院
把翔平養大。
她一直沒有說出
翔平的生父是丈先生。
路上小心。
美容室
MAKISE
翔平想來東
京發展，
洋子拜託我，
叫我阻止
他……

昨天跟我一起去看演出的由真懷孕了。
?!
我不想讓由真和翔平變得跟我們一樣。
我跟翔平說了，傻瓜有我一個就夠了。
今年夏天丈先生去鹿兒島跟翔平一起演出。
喔！
洋子做了番茄炒蛋，好久沒吃到了。
這樣啊……丈先生秋天就要當阿公啦！

第157夜◎燒肉定食

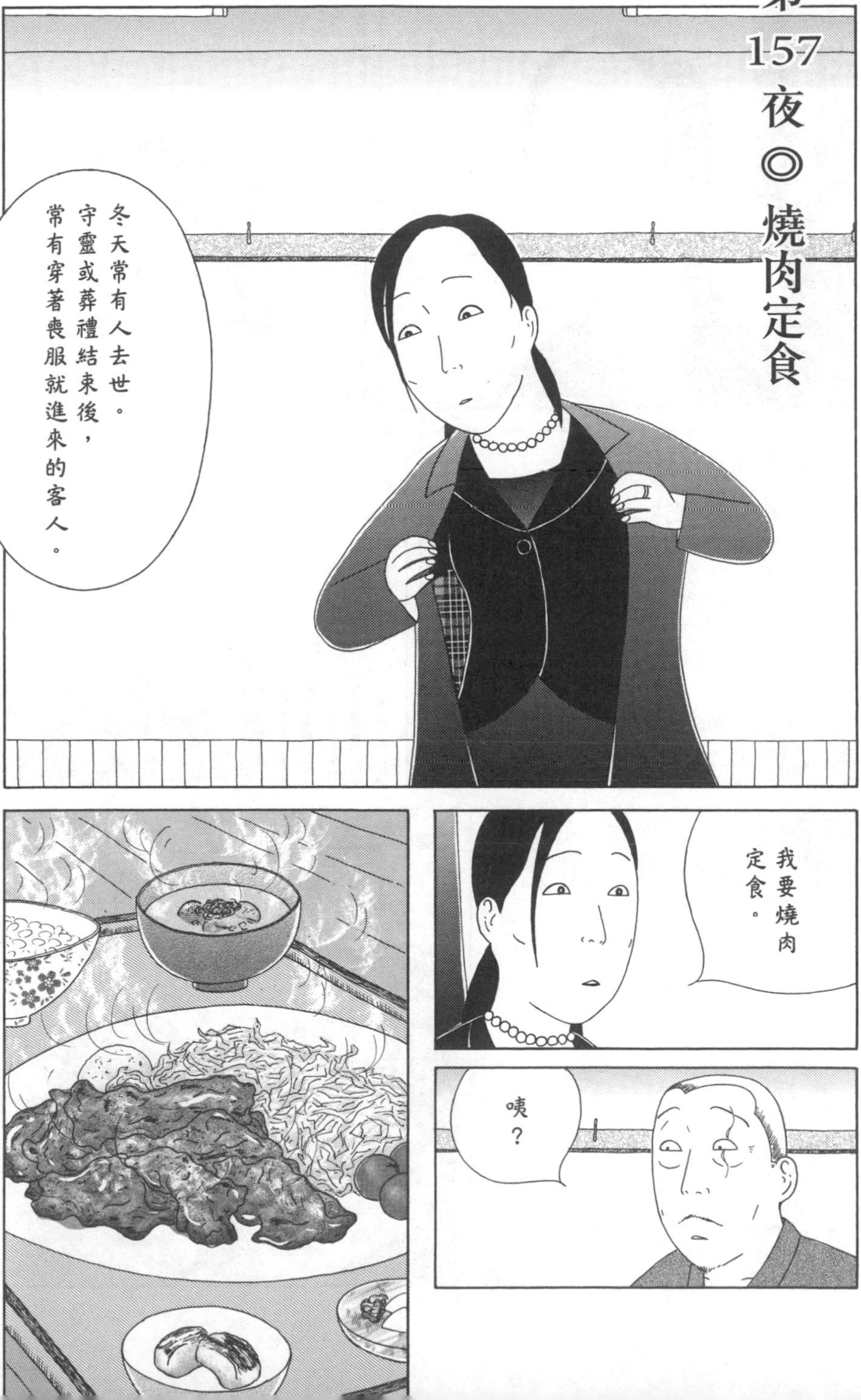
冬天常有人去世。
守靈或葬禮結束後，
常有穿著喪服就進來的客人。
我要燒肉定食。
咦？

阿範很喜歡吃肉。
！
沒人規定穿喪服不能吃燒肉就是了。
我今天本來沒有打算來的，但電車上坐我旁邊的情侶，散發著燒肉的味道。女人穿著喪服，自己去吃燒肉，不大好吧？
但是阿範穿起喪服，女人味爆增耶！
常有人說我是日本最適合穿喪服的女人。
唔～好像滿有道理的。

大家說我是公司裡最適合當未亡人的女性員工。
但在那之前總要先結婚吧！老闆，給我啤酒。
好。
阿範已經相了三年的親，似乎都不順利。
阿範這樣的好女人，怎麼會沒有男友啊？
忠先生也這麼覺得吧？但我沒有挑三撿四啊！
喀啦
老闆，不好意思，給我一點鹽。

來，鹽。
守靈嗎？
嗯。
以前的上司。
同一場嗎？
咦？
……
！
我在町屋。
我在落合。
不同啊！

但是真巧呢！同一天守靈。
嗯。
我也吃燒肉定食吧！
就算心裡難過，肚子還是會餓的。
沒錯，我明白。
老闆，拿鹽來。
喀啦
?!
今天是守靈日啊！

……
是吧！
嗯。
守靈結束來喝一杯啊……
緣份真是不可思議。阿範跟這位石田先生就這樣開始交往了。他們都是快四十歲的單身人士，很速配不是嗎？

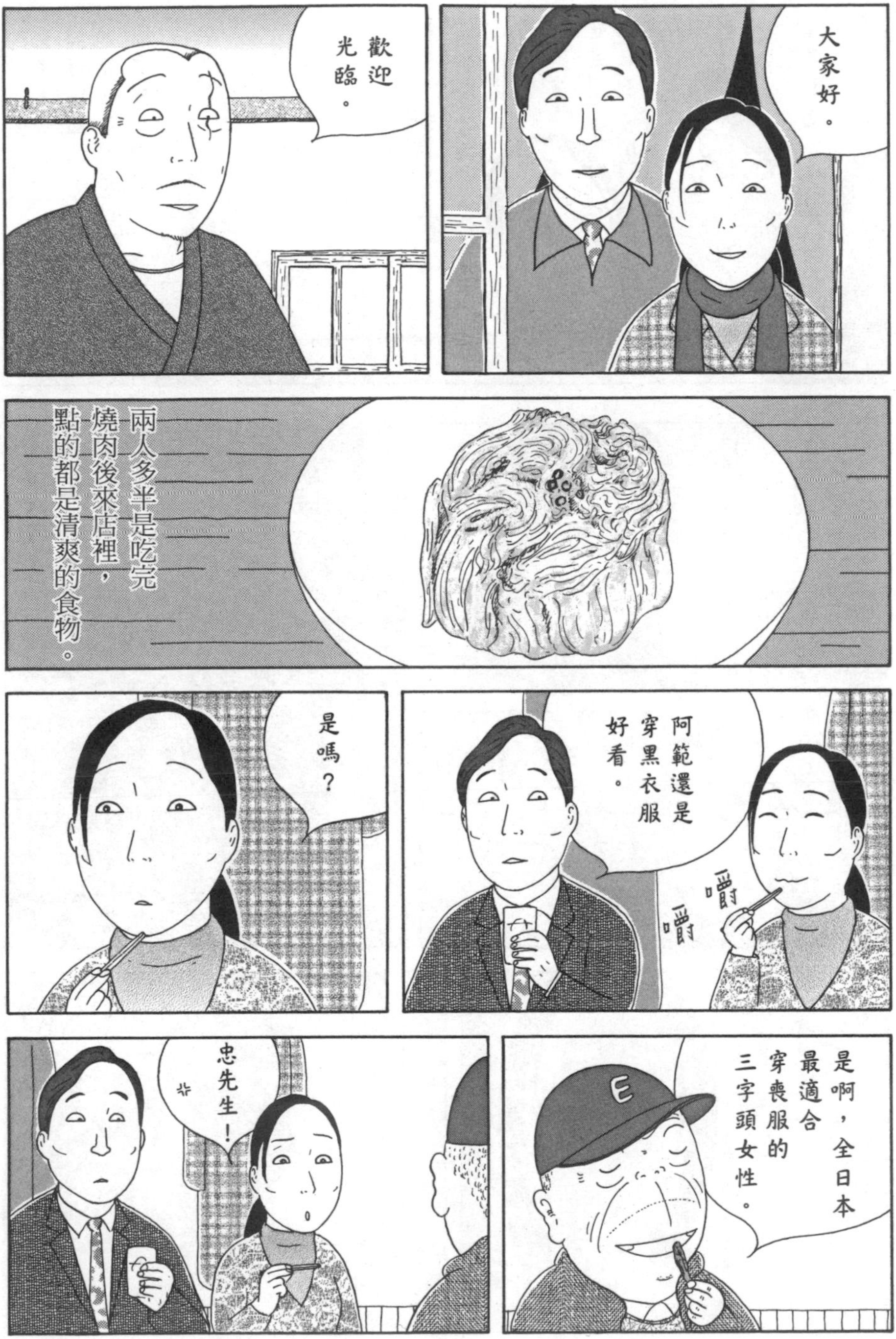
大家好。
歡迎光臨。
兩人多半是吃完燒肉後來店裡，點的都是清爽的食物。
阿範還是穿黑衣服好看。
嚼嚼
是嗎？
是啊，全日本最適合穿喪服的三字頭女性。
忠先生！

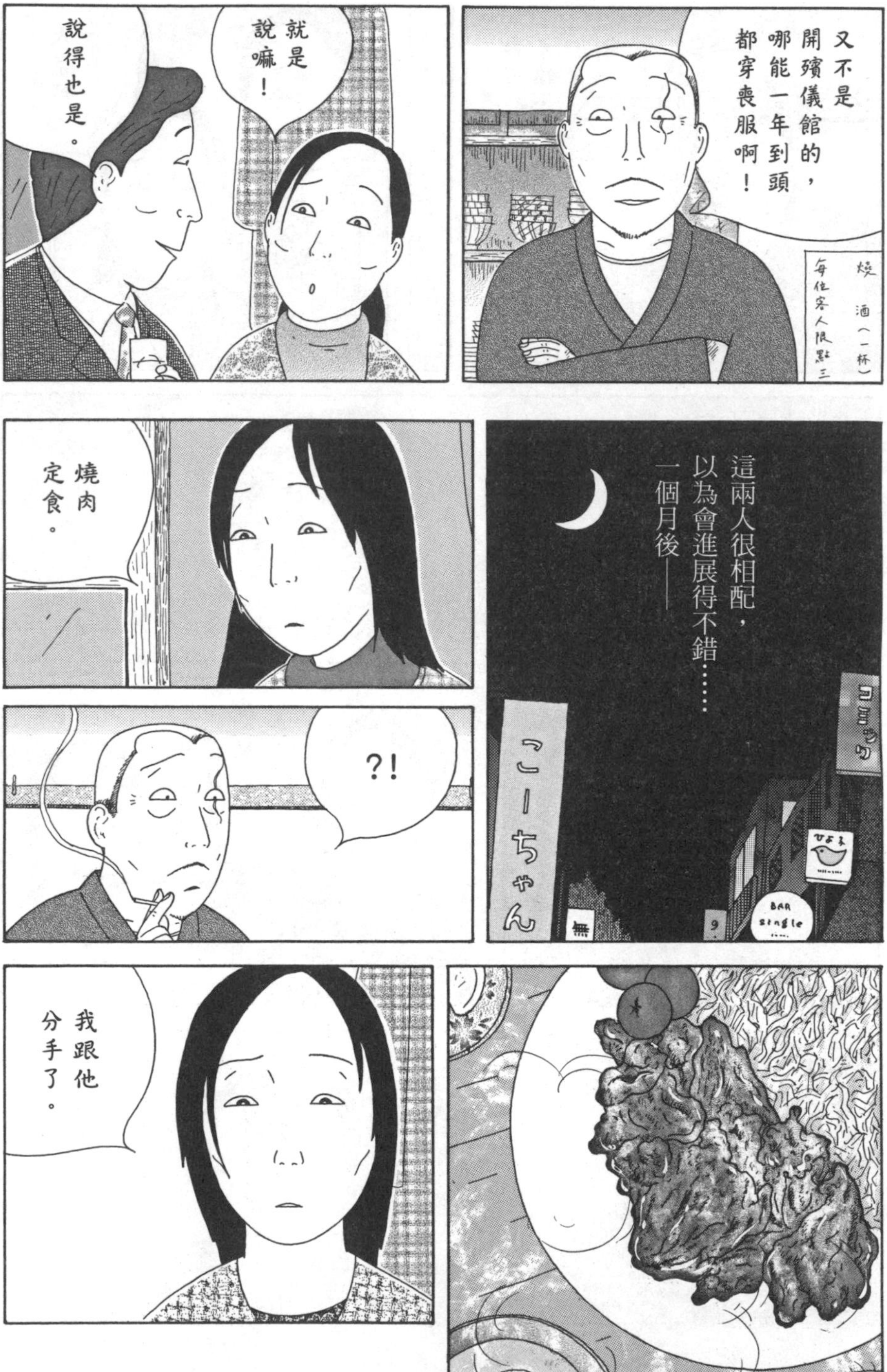
又不是開殯儀館的，哪能一年到頭都穿喪服啊！
燒酒（一杯）每位客人限點三
就是說嘛！
說得也是。
這兩人很相配，以為會進展得不錯……一個月後——
こーちゃん
ひよこ
BAR single
燒肉定食。
?!
我跟他分手了。

咦？
他去安慰前上司的遺孀，結果讓人家懷孕了。還是在做四十九日祭的時候，真是難以置信吧！
嗯……
這時阿範的手機響了。
♪
男人對未亡人沒有抵抗力啊……
咦？阿公嗎……
電話是阿範在富山的老家打來的。通知她住院的阿公病情突然惡化，已經去世了。

阿公明明說沒有看到我穿婚紗是不會死的……
……
一年後，阿範結婚了。先生是在阿公喪禮上念經的僧侶[1]。說來很好笑吧！
歐洲蜜月旅行回來後，兩人在回富山之前到店裡來。
這是阿公牽的紅線啊！對了，你是在葬禮上第一次看到阿範吧？
是啊，看見她穿喪服，一見鍾情！
真是的……
看吧，果然如此！

1. 日本某些宗派的僧侶可以結婚生子。

第 158 夜 ◎ 大蒜錫箔燒

將大蒜放在錫箔紙上燒烤，又熱又甜，很好吃。但是會有蒜味，所以多半是週五晚上才有人點。
呼~呼~
就算是星期五晚上，女孩子吃這麼多大蒜真的好嗎？

沒關係啦，反正週末不用見人。
律子小姐在大型承包商公司上班。
週末總是這樣拚命吃大蒜。
吃得差不多的時候，律子小姐的手機響了。
♪
媽，什麼事啊？這種時間打來……咦？那是下星期吧？是嗎？我知道了。掰掰，晚安。

簡訊來了。
下午兩點在銀座啊！
要跟誰見面嗎？
嗯，明天要相親，我完全忘了。
吃了那麼多大蒜，沒關係嗎？
沒辦法啊！
吃都吃了。
媽媽跟新年參拜時認識的阿姨見面，說了我的事。

律子也在東京。今年都三十六歲了還沒結婚。
唉喲，律子也單身啊？我家的直樹也是，都快四十了。
然後兩人就興沖沖地要我跟阿姨的兒子相親，其實就是見個面吃個飯而已。
喔！
對方是怎樣的人啊？
製藥公司的研究員。三十九歲了，還沒好好交過女朋友。估計不能太期待。老闆，再給我一杯燒酒。
沒問題嗎？
沒事，沒事。

次日——
めし
完全不抱期待，結果還挺不錯的。
大蒜味怎麼辦呢？
喝了牛奶、含了預防口臭的錠劑，還嚼了口香糖，應該聞不到了吧？剛好是去義大利餐廳，就點了蒜片義大利麵。
妳是有多喜歡大蒜啊？
嘻嘻。
之後還是克制一下比較好吧？約會前不要吃大蒜。
我是這麼打算。他邀我下星期去看電影呢！

一個月後──
Cab
二坪
最近小律有來嗎？
沒有，有一陣子沒來了。你的玉子燒。
前天她跟相親的對象來我店裡。
喔，怎樣的人？
看起來很認真，就像個做學問的人，很高，挺帥的。
跟小律滿相配的。

這樣啊！
喀啦
大蒜錫箔燒，半份！
沒問題嗎？
沒關係啦，約會是星期天。
嗯，就是這個！
真是喜歡啊……

被小壽壽桑說了之後就一直忍著沒吃，已經忍不住啦！
反正還有一天，加上消除口臭的方法，吃半份應該沒關係吧？
是這樣嗎？
後來好像也平安無事地度過了。最近她膽子大起來，約會前一天也跟平常一樣拚命吃大蒜。
♪

小律，跟男友交往還順利嗎？
還好吧……這叫草食系嗎？連手都不握的。
不行啊，最近的男人真是太遜了。乾脆小律妳撲倒他好了。
咦？
怎麼可能做那種事……
她嘴上雖然這麼說，
但我覺得小律做得出來……
……
?!

被甩了。
呃……
?!
好像是接吻之後對方跟她說的。
我以前就想說了，律子小姐有大蒜味！
我已經忍耐不下去了！
既然這樣，一開始就說啊……
這叫自食惡果吧……
唉……

第159夜◎雞肉丸麵線

這是二月某個冷天的事——
豬肉味噌湯定食 六百圓
啤酒（大） 六百圓
日本酒（兩合） 五百圓
燒酒（一杯） 四百圓
老闆，在做什麼？
寫推薦菜單。
看！
雞肉丸麵線 五百圓

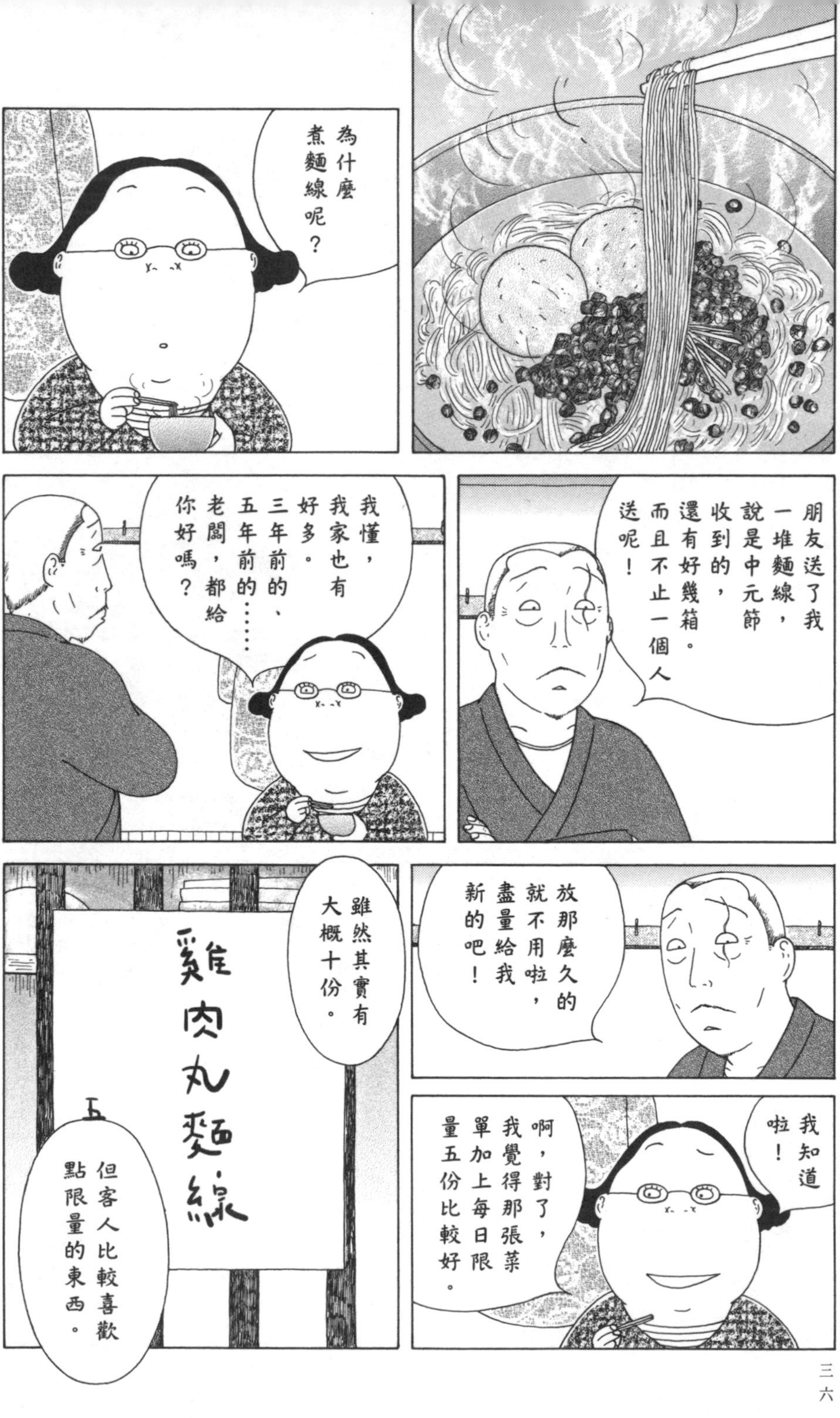
為什麼煮麵線呢？
朋友送了我一堆麵線，說是中元節收到的，還有好幾箱。而且不止一個人送呢！
我懂，我家也有好多。三年前的、五年前的……老闆，都給你好嗎？
放那麼久的就不用啦，盡量給我新的吧！
我知道啦！
啊，對了，我覺得那張菜單加上每日限量五份比較好。
雞肉丸麵線
五
雖然其實有大概十份。
但客人比較喜歡點限量的東西。

因此，菜單就這樣寫了……
每日限量六份。。。。
雞肉丸麵線
五百圓
之後來店的茶泡飯三姊妹……
雞肉丸麵線？
五百圓耶！
一天限定六份啊……
一份雞肉丸麵線。
我也要。
我也要。
嘻嘻，看吧！
嗯。

稍後來的阿北跟阿島也點了……
我還要一份！
好。
咦，不是一天限量六份嗎？
其實有大概十份，但真由美說寫上「限量」比較好賣。
嘿嘿。
什麼啊！
早知道就點茶泡飯了。但這也不壞就是了。

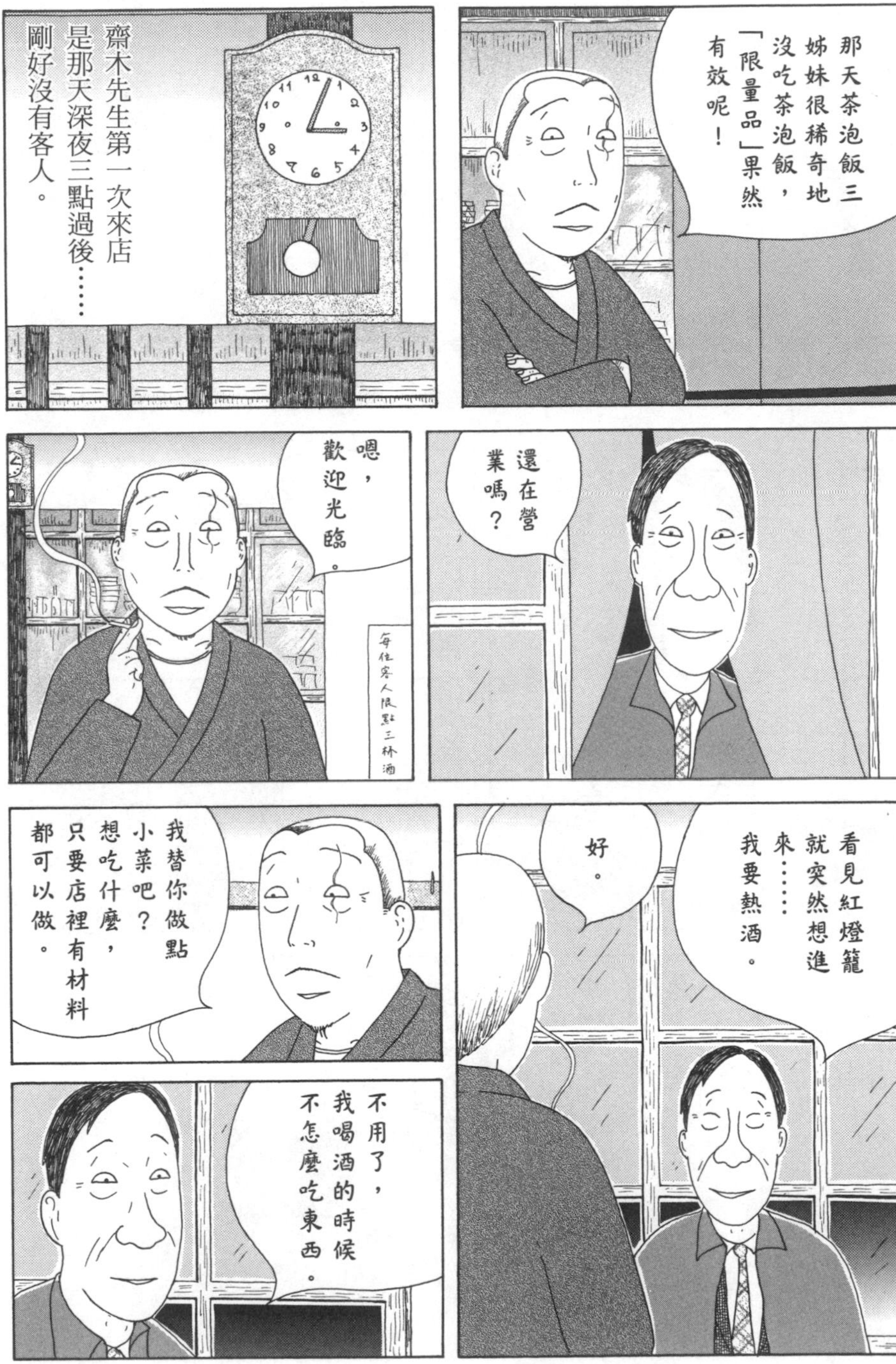
那天茶泡飯三姊妹很稀奇地沒吃茶泡飯，「限量品」果然有效呢！
齋木先生第一次來店是那天深夜三點過後……剛好沒有客人。
還在營業嗎？
嗯，歡迎光臨。
每位客人限點三杯酒
看見紅燈籠就突然想進來……我要熱酒。
好。
我替你做點小菜吧？想吃什麼，只要店裡有材料都可以做。
不用了，我喝酒的時候不怎麼吃東西。

我是單身赴任[2]。
女兒在上私立中學。
喔，單身赴任不寂寞嗎？
！
嗚～
糟糕，好像說錯話了……
當……當然寂寞啊！
嗚嗚嗚～
不、不好意思。
齋木先生哭了快二十分鐘呢！

2. 意指自己一人離家到外地工作。

哭完一頓之後……
每日限量六份
雞肉丸麵線
五百圓
啊！暢快多了。
哭完就餓了，還有雞肉丸麵線嗎？
有。
真的嗎？太好了，給我一份。
我開動了。
我對限量品最沒抵抗力了，但常常輪到我時就剛好賣完。
上次去百貨公司想買巧克力給女兒，排了半天隊，輪到我的時候就賣完了。我等了四十分鐘耶！

今天來這裡真是太好了，可以吃到每天限量六份的麵線。
嗯嗯……
我真的沒辦法跟他說實話。
因為這樣齋木先生心情特別好，之後很快又來了，但剛好那天很多人點麵線。
對不起，這是最後一份。
這樣啊……
他沮喪的模樣看了真令人難受。從那時起，不管齋木先生來不來，我都會替他留兩個雞肉丸子。

三月中旬——
WIN
這個星期六我太太跟女兒要來東京。
喔，很期待吧？
一個不知道叫什麼的帥哥明星出寫真集，舉辦簽名會。我太太跟女兒都是粉絲。
所以我那天得一大早去排隊領簽名會的號碼牌。
屋書店
寫真集
發售紀念
簽名會
……

入場號
50
對不起，已經發完了。
咦?!
太太跟女兒都不肯跟我說話。
めし
為了哄她們開心，花了不少錢啊！
太辛苦啦，來，你的麵線。
只有在這裡，連我都吃得到限量品呢！
……
其實不止六份，但我始終沒有對齋木先生說啦！

第 160 夜 ◎ 春捲
老闆，我要三個 spring roll。
好……
春捲啦！
春捲？啊！
那是什麼啊？

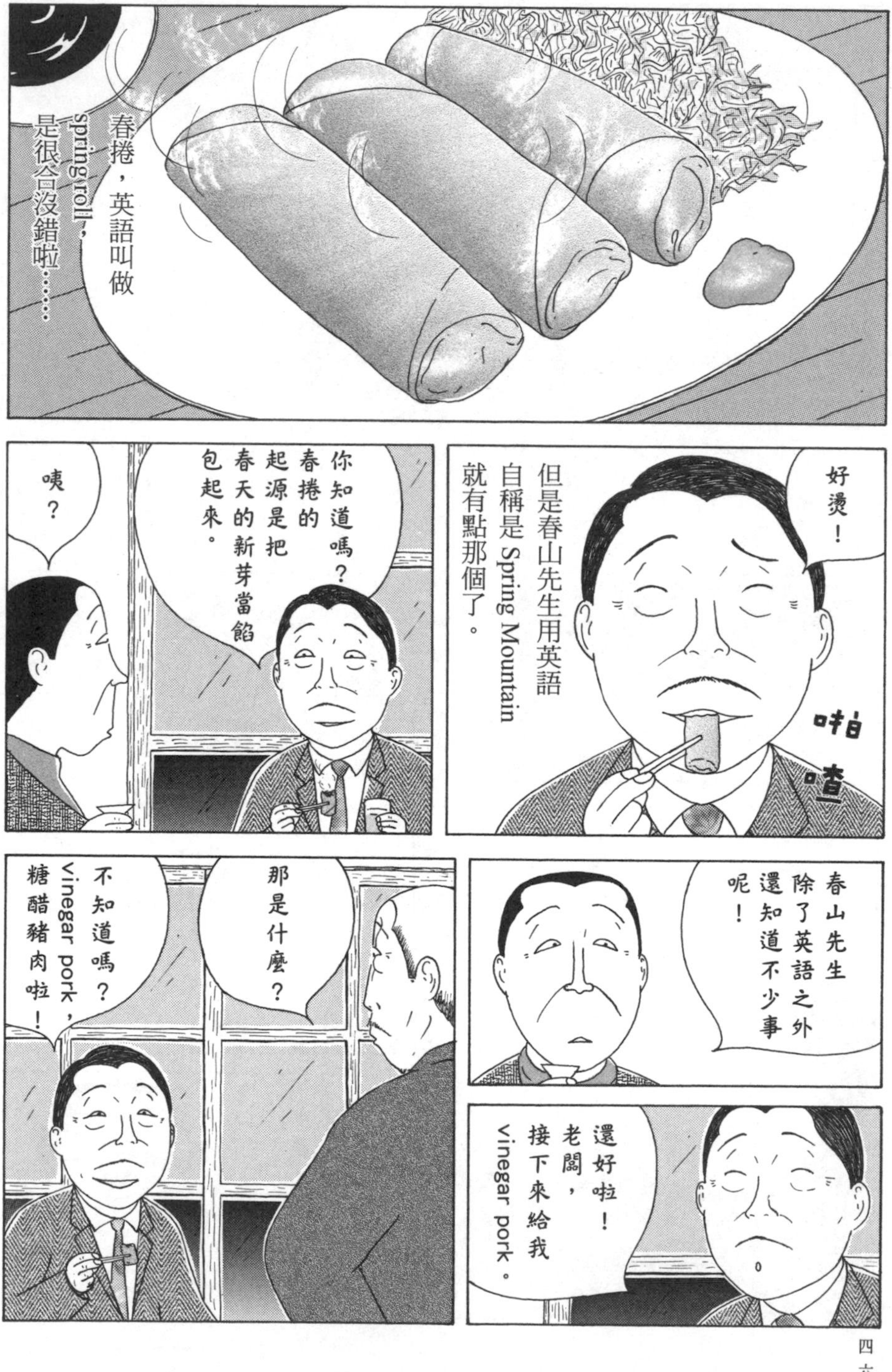
春捲，英語叫做
spring roll，
是很合沒錯啦……
好燙！
但是春山先生用英語
自稱是Spring Mountain
就有點那個了。
啪
嗒
你知道嗎？
春捲的
起源是把
春天的新芽當餡
包起來。
咦？
春山先生
除了英語之外
還知道不少事
呢！
那是什麼？
不知道嗎？
vinegar pork，
糖醋豬肉啦！
還好啦！
老闆，
接下來給我
vinegar pork。

喀啦
喂，你不要太過份啊！
Sorry，嘰哩咕嚕嘰哩咕嚕……
咦……
我的英語完全不行啊……
春山先生，他在說什麼啊？
咦?!
呃……我也不知道。
啥？

就在此時，我們的麻理鈴登場啦！
怎麼啦？
他說了半天，但我們不知道他在說什麼。
嚕咕哩嘰咕哩嘰嚕……
嚕咕哩嘰嚕咕哩嘰……
他好像是來找在這附近工作的朋友，結果迷路了。他朋友似乎是在七番街的店裡，麻理鈴帶他過去。
麻理鈴的英語很好嘛！
她以前跟美國人交往過，好像還會義大利語跟韓語呢！
跟她一比，春山先生，你不是會英語嗎？
呃，這個……
豬肉味噌湯定食 六百圓

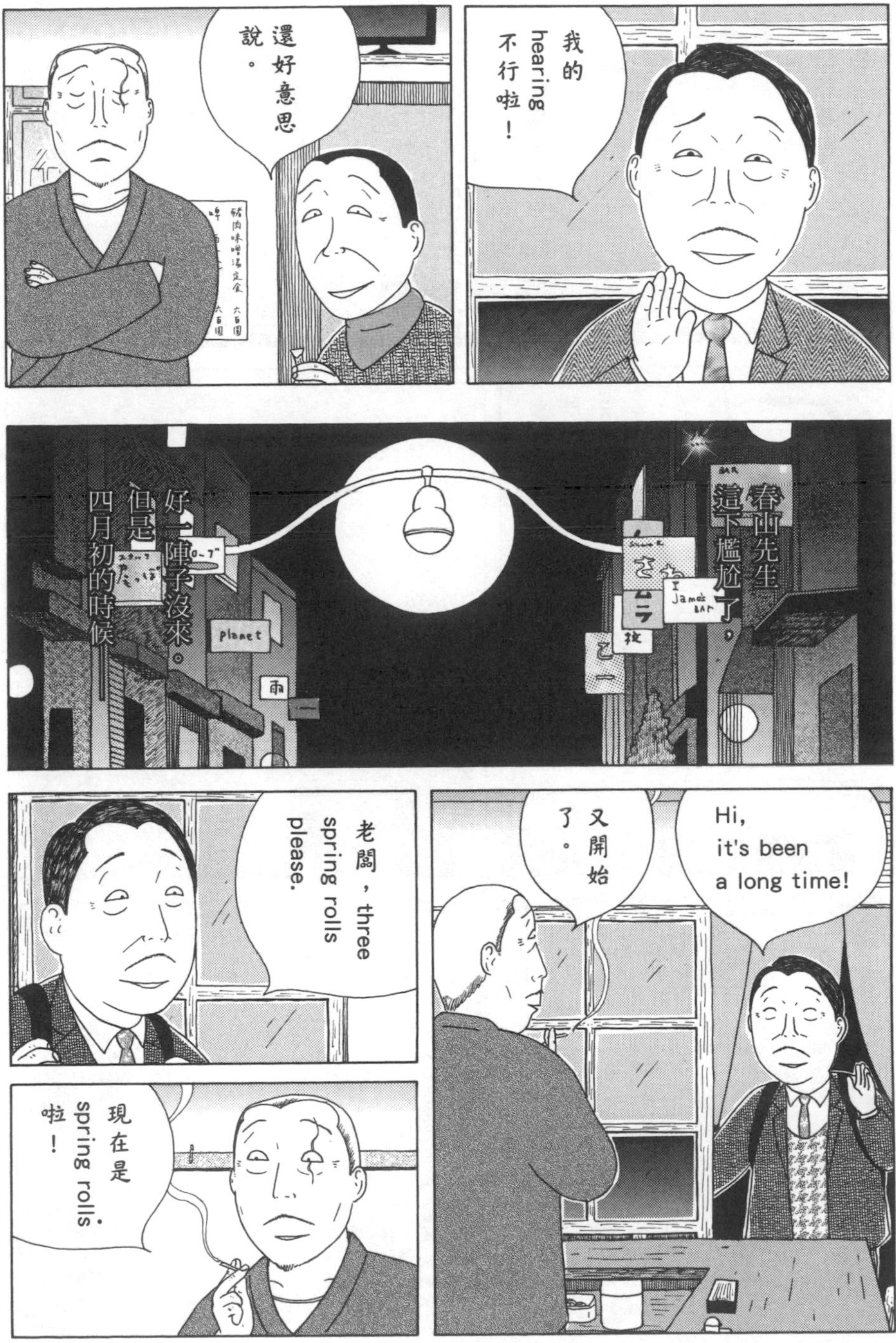
我的hearing不行啦！
還好意思說。
春山先生這下尷尬了，
好一陣子沒來。
但是四月初的時候——
planet
James BAR
Hi, it's been a long time!
又開始了。
老闆，three spring rolls please.
現在是spring rolls啦！

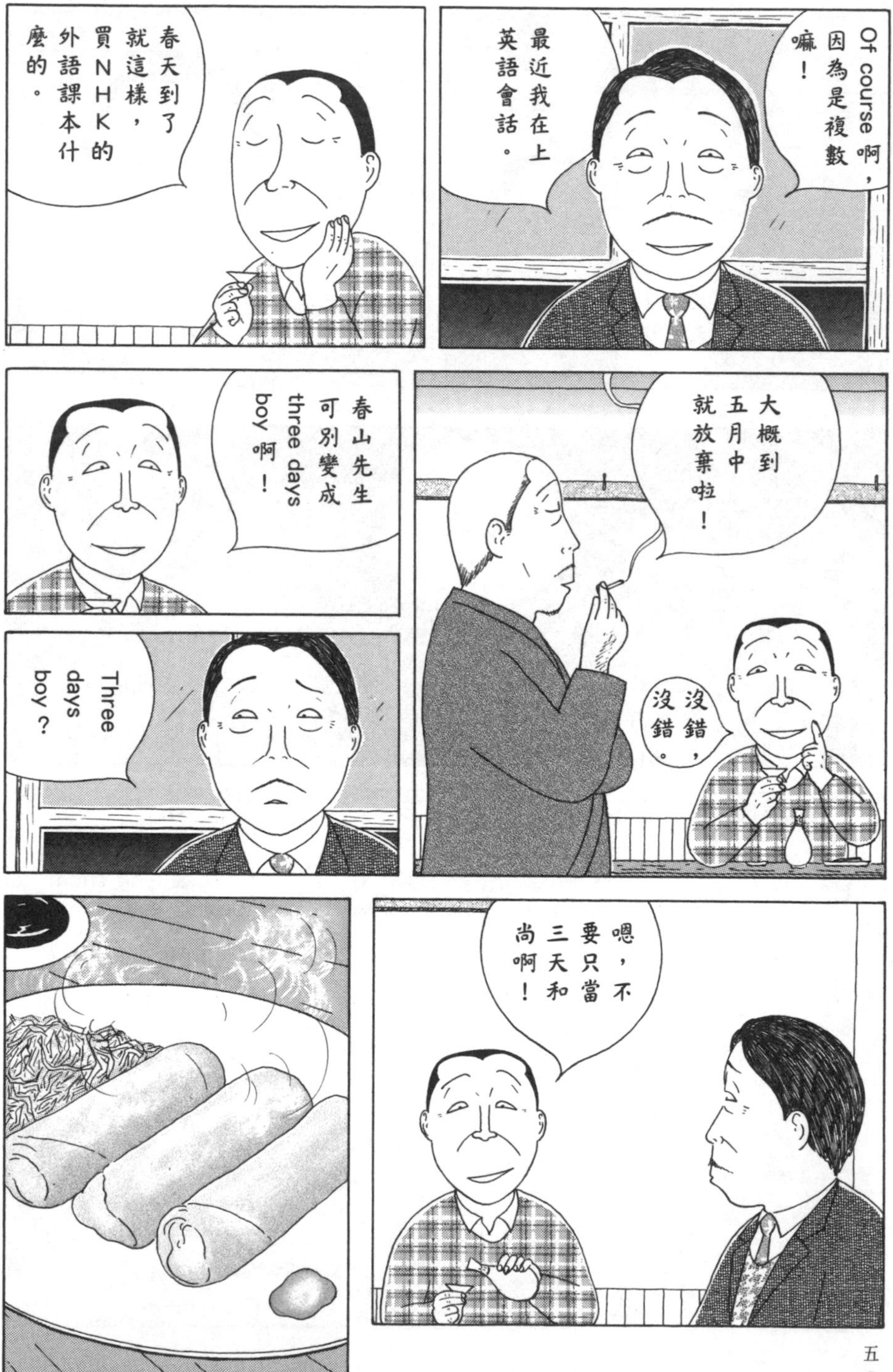

Of course啊，因為是複數嘛！
最近我在上英語會話。
春天到了就這樣，買NHK的外語課本什麼的。
春山先生可別變成three days boy啊！
Three days boy？
大概到五月中就放棄啦！
沒錯，沒錯。
嗯，不要只當三天和尚啊！

喀喳
好燙！
老闆，I'd like the 燒酒兌水！
好。
春山先生之後每次都這樣炫英語，真是煩死了。有一天……
Good evening。
春山先生，你來得剛好。用你厲害的英語幫我翻譯一下吧！

咦？
咦……啊……How are you? Ho，ho，how do you do! My，my，my name is……
Hi.
幹嘛在那裡吞吞吐吐的，要說什麼就說啊！
哈哈哈，不好意思。這是我老朋友的女兒愛蜜莉。她是在河內出生長大的。
Why?

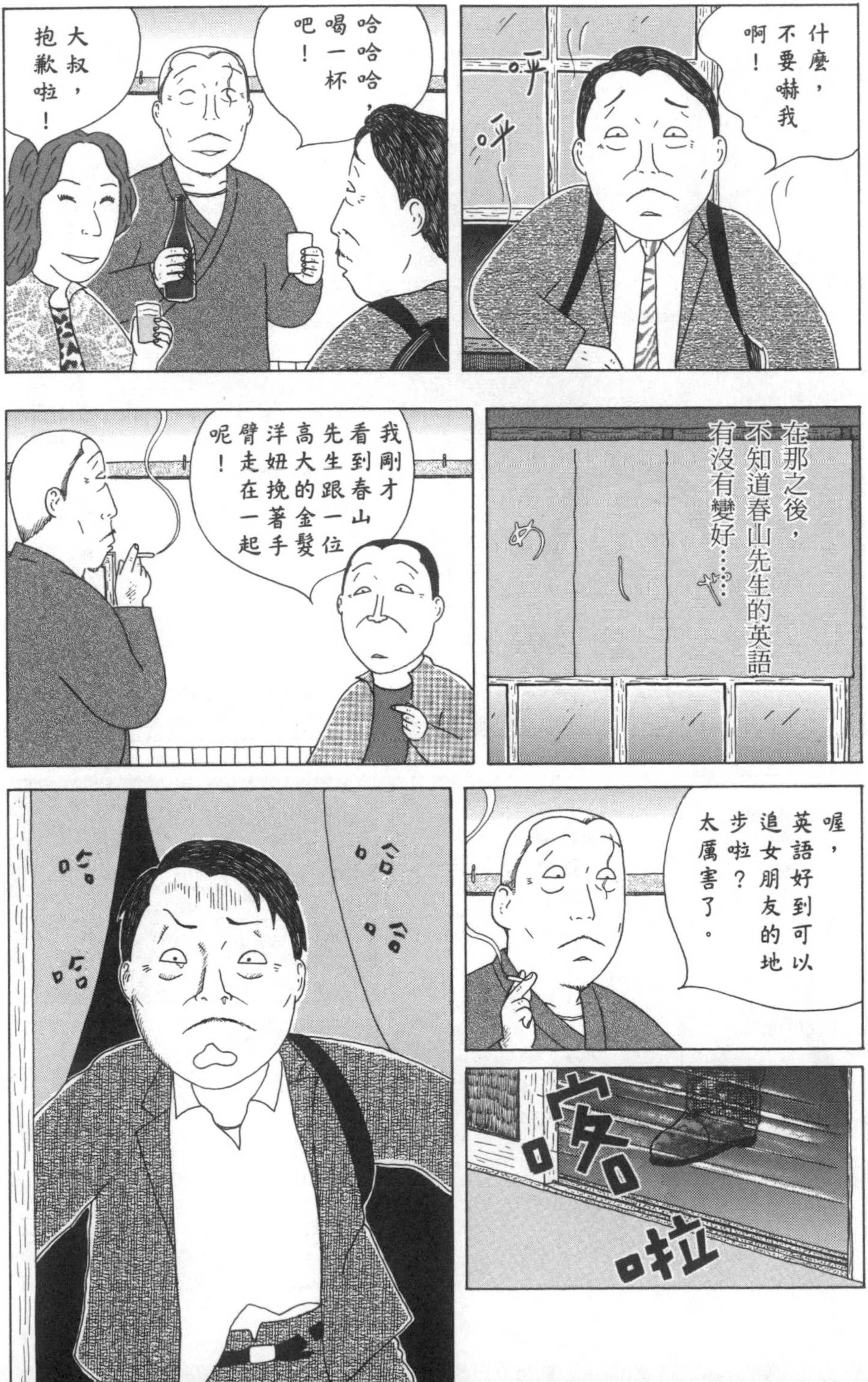

呼
呼
什麼，不要嚇我啊！
哈哈哈，喝一杯吧！
大叔，抱歉啦！
在那之後，不知道春山先生的英語有沒有變好……
めしや
我剛才看到春山先生跟一位高大的金髮洋妞挽著手臂走在一起呢！
喔，英語好到可以追女朋友的地步啦？太厲害了。
喀啦
哈
哈
哈
哈

原來是在酒吧認識的金髮洋妞邀他上賓館，結果其實是穿著女裝的高大男人。
所以，被上了嗎？
嗚……
幸好保住了貞操。
在那之後──
めし
三個春捲，還要啤酒。
怎麼，不說英語了嗎？
嗯，英語好像跟我不合。

第161夜◎炸肉餅

大家好。
這個人進來的時候，一瞬間不知道是誰，還以為是不合時宜的幽靈跑錯地方了呢！
?!
美紗緒小姐，我還以為是誰呢！
好久沒吃老闆的炸肉餅了。
這樣啊，我馬上做。

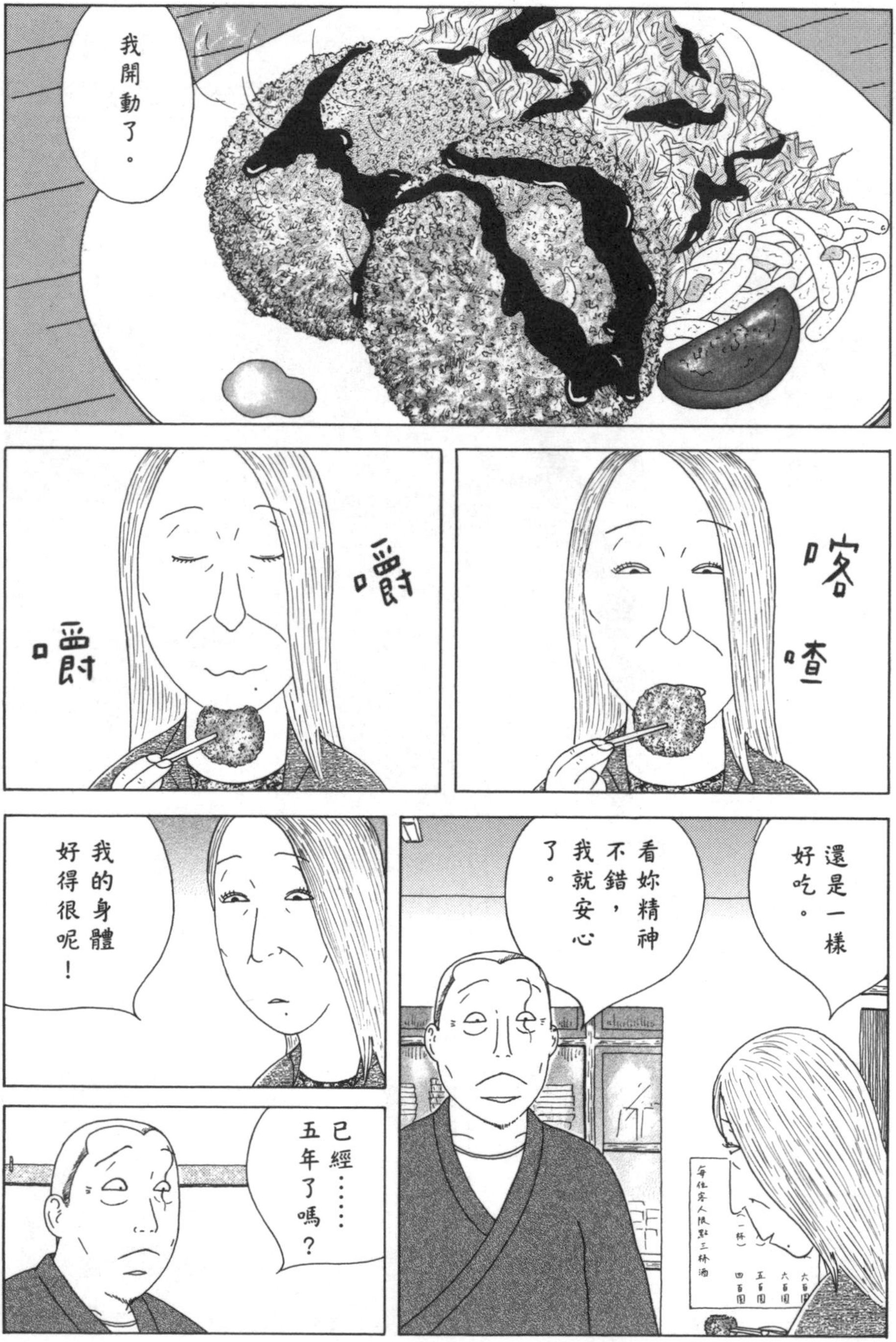
我開動了。
喀
喳
嚼
嚼
還是一樣好吃。
看妳精神不錯，我就安心了。
我的身體好得很呢！
已經……五年了嗎？
每位客人限點三杯酒
（一杯）
六百圓
六百圓
五百圓
四百圓

嗯……前幾天忽然想吃老闆的炸肉餅，就跟阿泰說了。
這樣啊，阿泰也很喜歡呢！
阿泰是美紗緒的先生，三年前突然去世。以前他們夫婦常一起來吃炸肉餅。
……嗚
嗚……
老闆，對不起，我……
不必勉強。我包炸肉餅讓妳帶回去供給阿泰吧！
謝謝。

美紗緒小姐回去之後——
那位女士很面熟呢！
她是歌手鹿島美紗緒啊！
啊，對！她頭髮白了，我沒認出來。
沒關係，沒關係，什麼也不用說。
我只是想跟你在一起，親愛的……
先生阿泰去世後，她就不唱歌了，每天關在家裡。她很愛她先生啊……

跟我太太完全不一樣。我要是死了，那傢伙大概會大呼萬歲，毫無顧忌地去追韓國明星。她現在一個月裡有半個月不在家呢！
哎……
我第一次看到戶山先生這樣發牢騷。
老闆，我也要炸肉餅，再來一瓶啤酒。
めし
めしや
咦，戶山先生說了那種話啊？
嗯，我家的老太婆應該也會大呼萬歲。
我家的也是。我們互相看得飽到打嗝啦！
但是美紗緒小姐太可惜啦，沒有像她那樣能唱成熟歌曲的人了……

就是啊，電視上都是些小鬼。
我只是想跟你在一起，親愛的……
沒關係，沒關係，什麼也不用說。
一個月後——
歡迎光臨，要奶油飯嗎？
今天不用了，給我冷酒。
好。

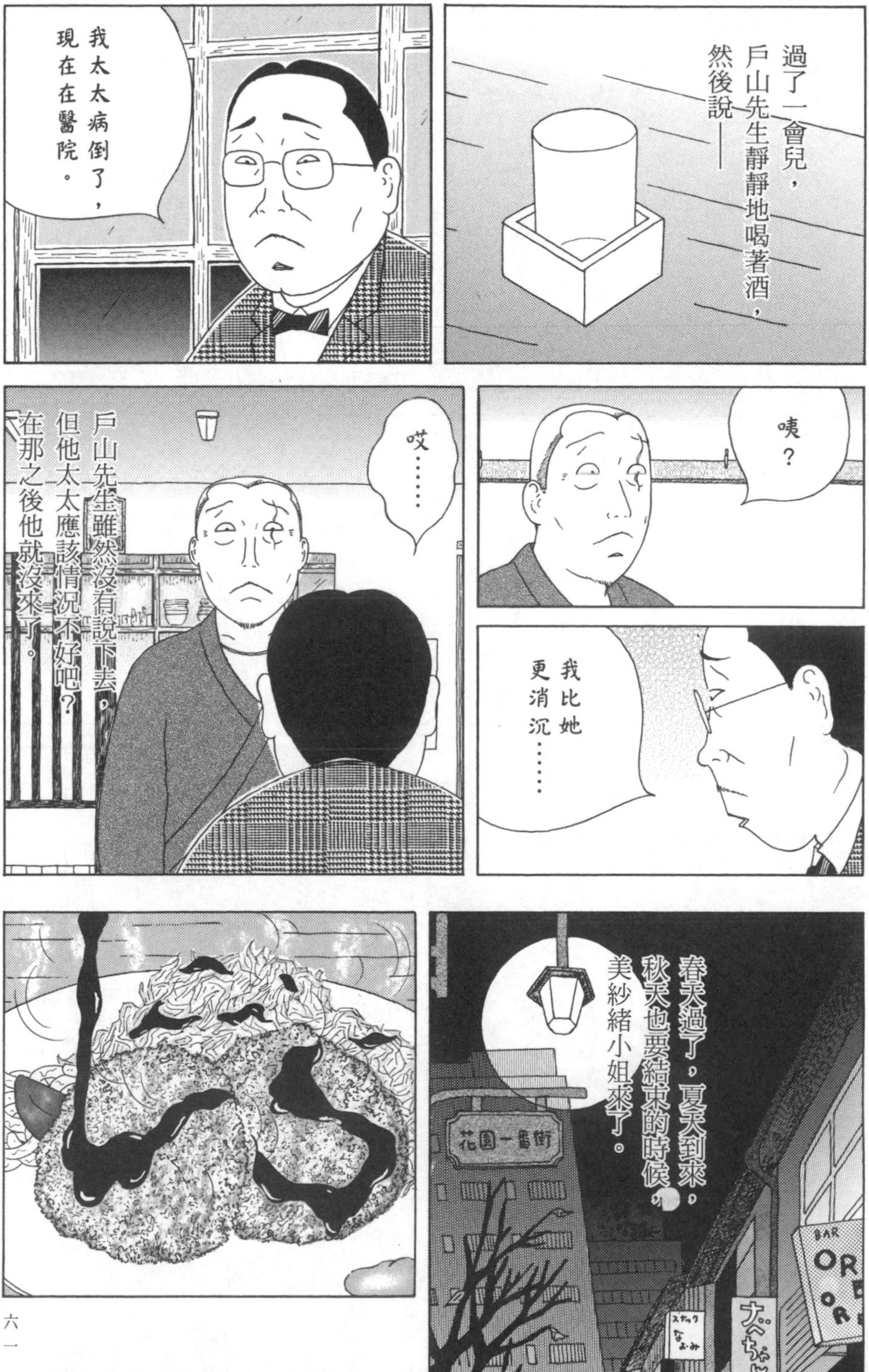
過了一會兒，戸山先生靜靜地喝著酒，然後說——
我太太病倒了，現在在醫院。
咦？
我比她更消沉……
哎……
戸山先生雖然沒有說下去，但他太太應該情況不好吧？在那之後他就沒來了。
春天過了，夏天到來，秋天也要結束的時候，美紗緒小姐來了。
花園一番街
BAR

今天好像心情不錯呢！
是啊！
妳不再唱歌了嗎？
最想唱給他聽的人已經不在了啊……
喀
啦
老闆，我太太終於出院了。
這樣啊，太好了，恭喜你。

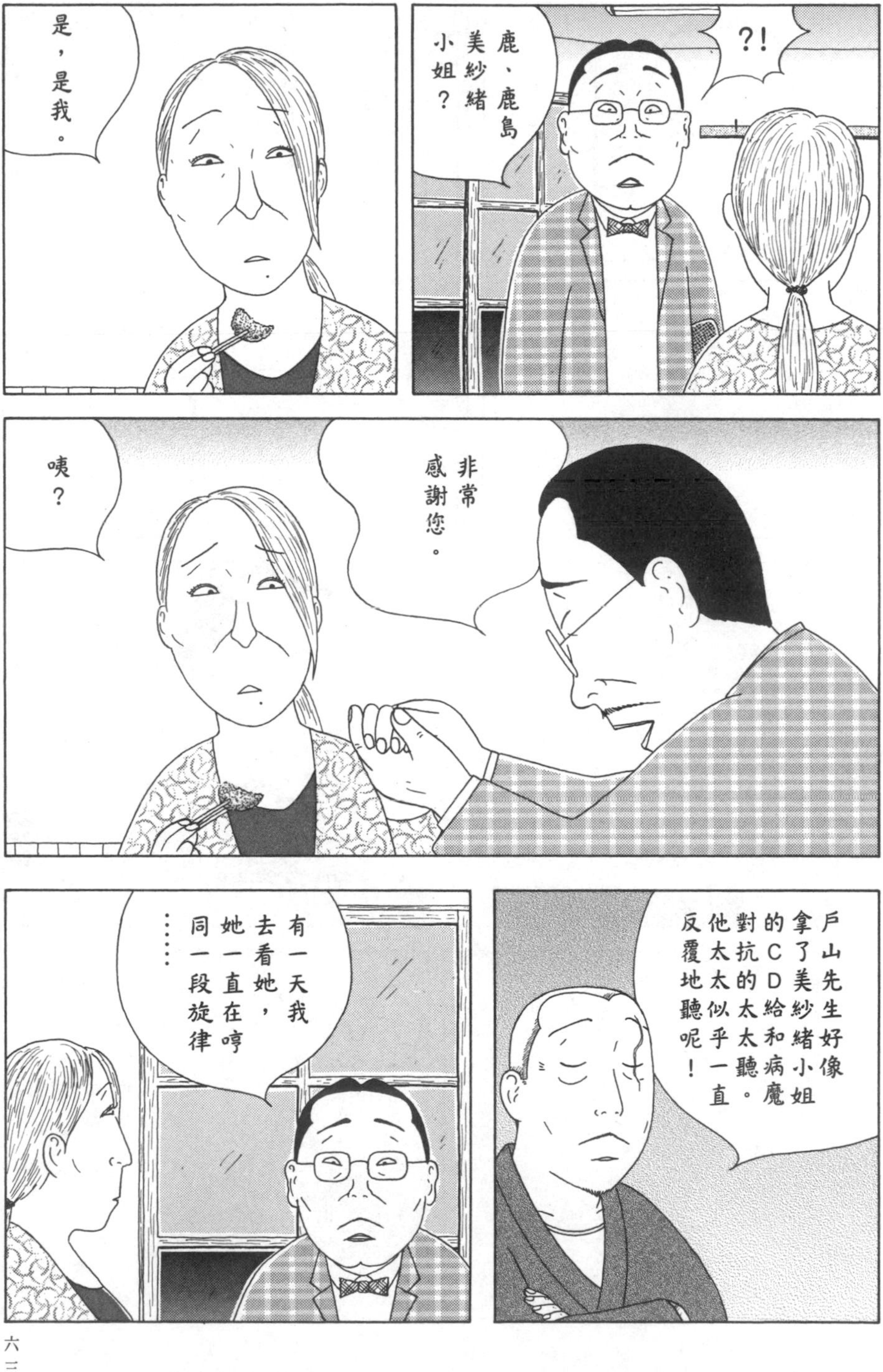
?!
鹿、鹿島美紗緒小姐？
是，是我。
非常感謝您。
咦？
戶山先生好像拿了美紗緒小姐的CD給和病魔對抗的太太聽。他太太似乎一直反覆地聽呢！
有一天我去看她，她一直在哼同一段旋律……

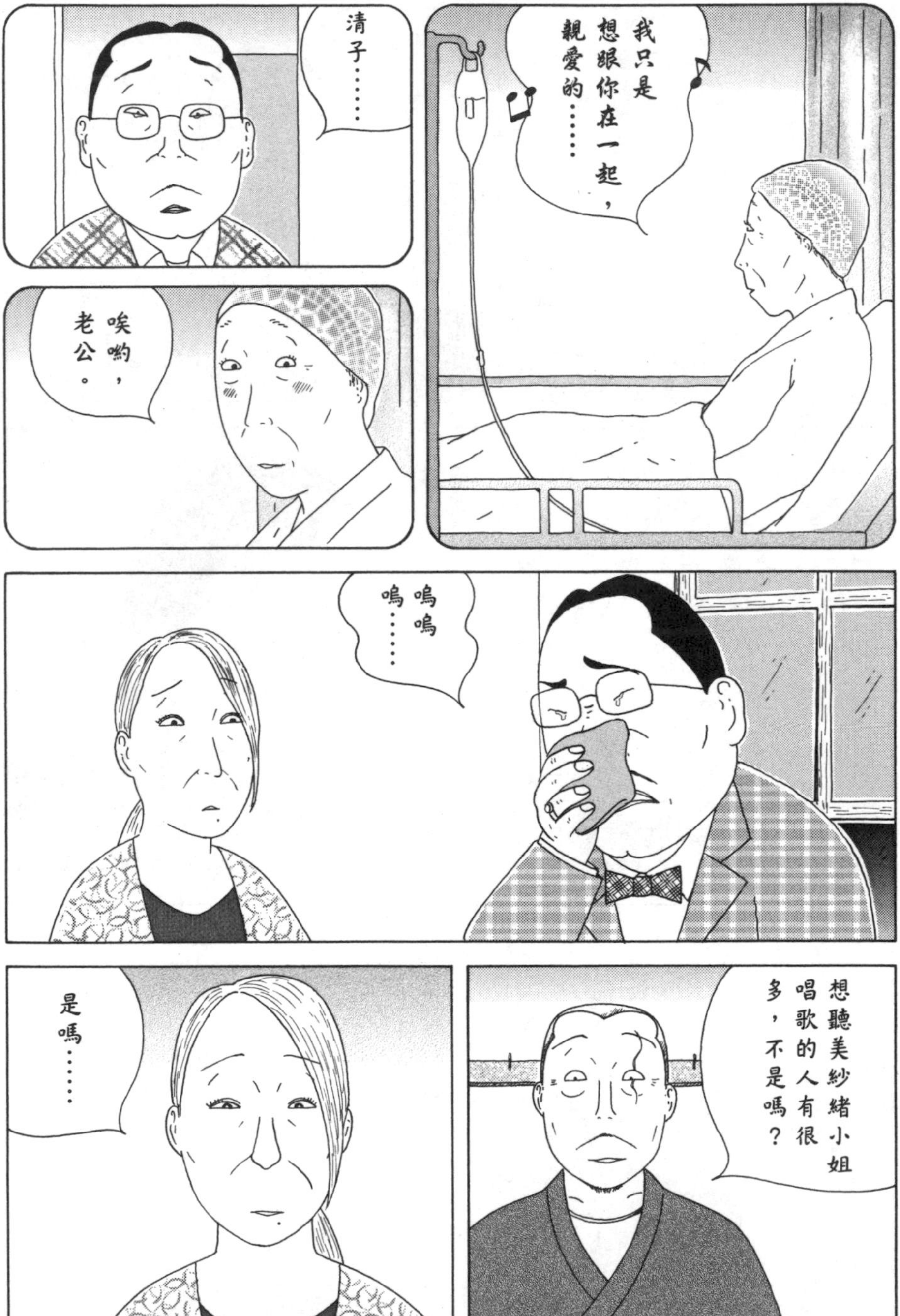
我只是想跟你在一起，親愛的……
清子……
唉喲，老公。
嗚嗚嗚……
想聽美紗緒小姐唱歌的人有很多，不是嗎？
是嗎……

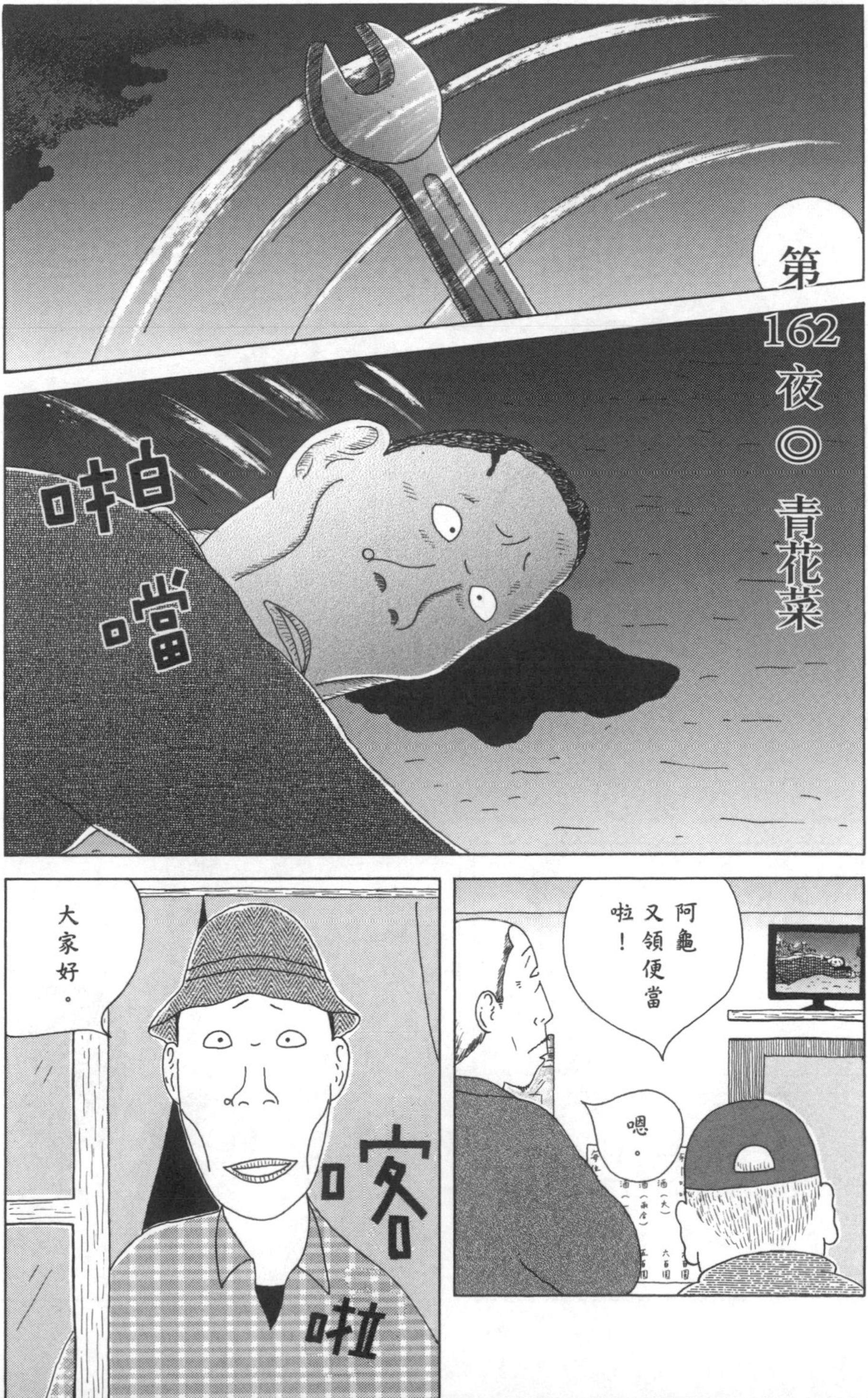
第162夜◎青花菜
啪
噹
阿龜又領便當啦！
嗯。
大家好。
喀
啦

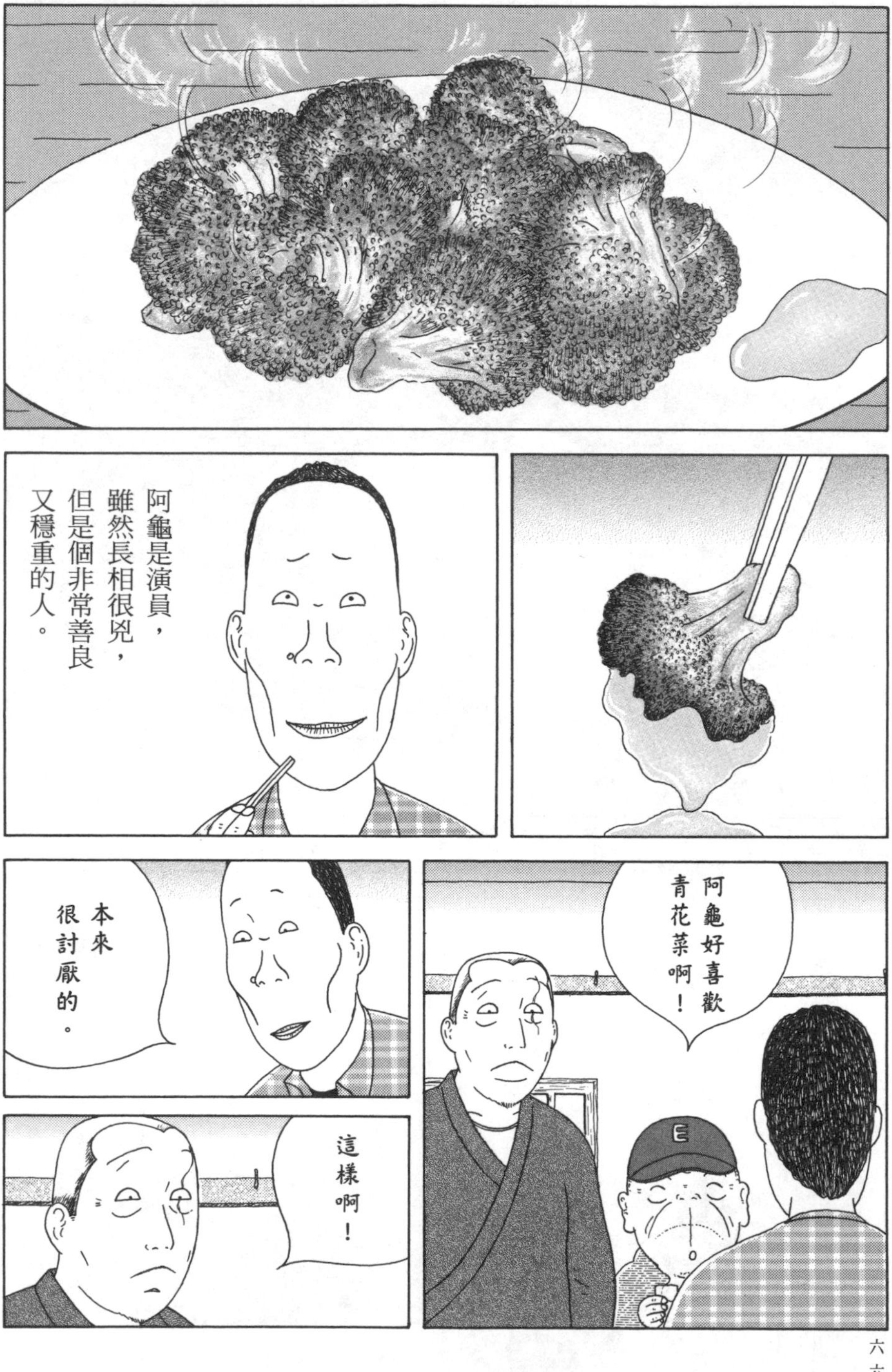
阿龜是演員，
雖然長相很兇，
但是個非常善良
又穩重的人。
阿龜好喜歡
青花菜啊！
本來
很討厭的。
這樣
啊！

我上的小學
沒有營養午餐，
都是吃便當。
有一天
隔壁的女生……
這個給你吃。
咦？
我最討厭青花菜了。
龜田，給你吃。
嗯……
我也不喜歡，但還是勉強吃了。
之後只要有青花菜，她就給我吃……
阿龜喜歡那個女生吧？
嗯……沒有啦！

是吧？後來那個女生怎樣了？
她是校花，像我這種人……
總之，託她的福我變得喜歡吃青花菜了。
一週後——
饒、饒了我吧……
不可原諒。
阿龜又領便當啦！
嗯。
喀
啦

老闆，不好意思，惠理子又要拜託你了。
好。
惠理子是阿龜養的寵物烏龜。
他長時間出外景不在家的時候，我偶爾會替他照顧。
這次要去哪裡？
岡山。
不是你老家嗎？
對啊！

難道又要領便當了嗎？
那太好了。
衣錦還鄉啊，加油！
這次導演很好心，讓我演好人呢！
好！
衣錦還鄉的阿龜，兩週後帶著女友回來。
大家好。
歡迎回來，惠理子精神很好喔！
惠理子是誰？

沒有啦，那個……老闆，我來介紹，這位是惠理子，把便當裡的青花菜給我的小姐。
初次見面，我是惠理子。
啊，初次見面。
原來阿龜給烏龜取了她的名字。
惠理子到拍攝現場來看我，還帶了好多青花菜。
然後就……總之，這次她跟我一起來東京住了……
是吧？
嗯！
怎麼，沒想到阿龜手腳這麼快啊！
沒有啦……不知怎地就變成這樣了。老實說，我也覺得像在作夢呢！
不是作夢。

阿龜的春天終於來了啊！
阿龜因為用女友的名字給烏龜取名，
拚命地向她道歉。
但女友還是不高興。
惠理子，對不起。
最後將烏龜惠理子改名
女友總算同意讓他帶烏龜回家。
他女友脾氣很倔啊！
嗯……阿龜罩得住嗎？
五天後——

怎麼啦？
她離開了。
阿龜工作結束回家時，發現烏龜不見了。他問女友，女友說：「牠一直瞪我，我就拿去河邊丟了」。阿龜稍微抱怨了一下
我跟烏龜哪個比較重要？
不管我怎麼道歉，她仍歇斯底里地發火。
伸手摸到東西就拿起來對我亂扔，然後就離開了。
……
那天不會喝酒的阿龜一面喝一面哭。
惠理子……

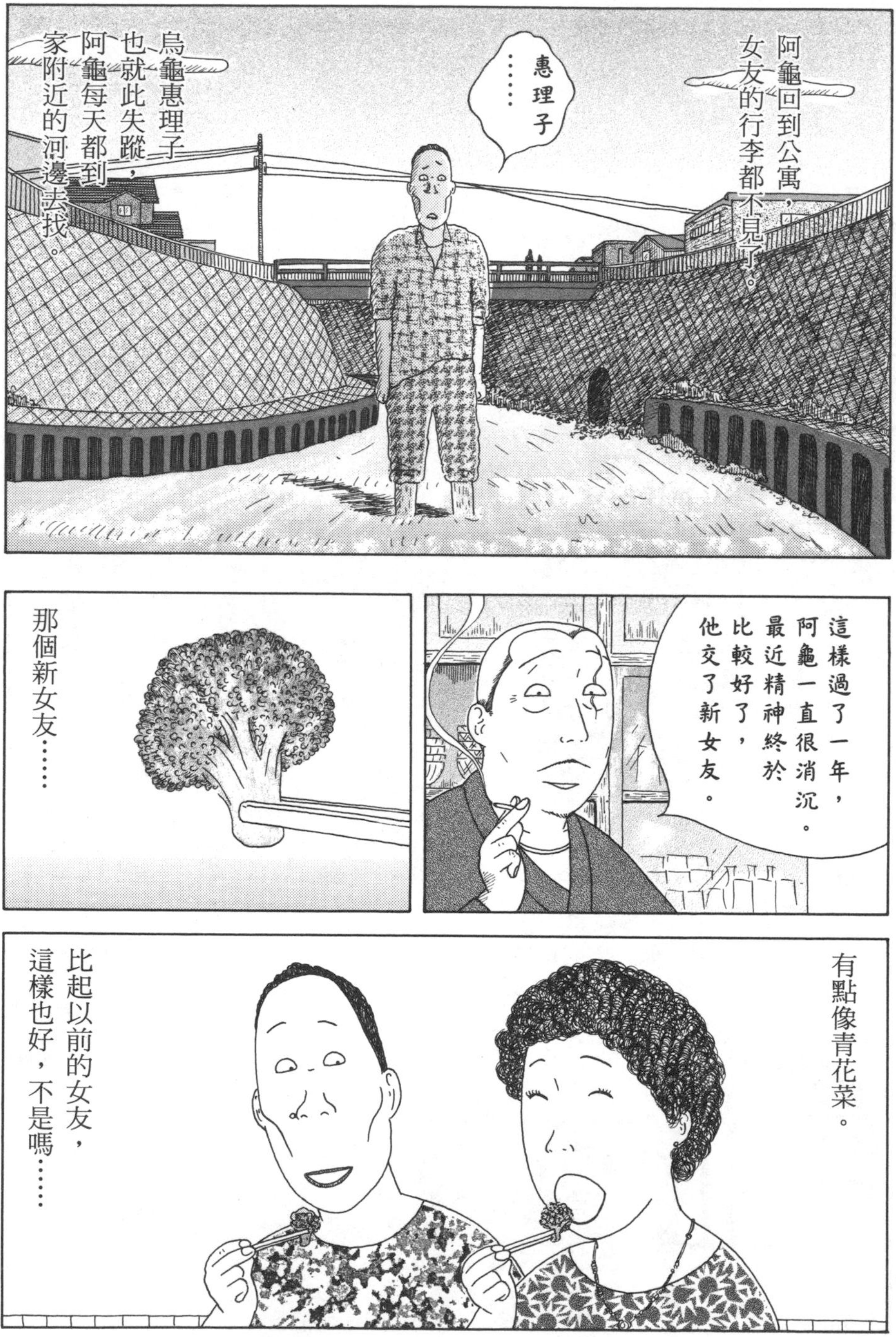
阿龜回到公寓，女友的行李都不見了。
惠理子……
烏龜惠理子也就此失蹤，阿龜每天都到家附近的河邊去找。
這樣過了一年，阿龜一直很消沉。最近精神終於比較好了，他交了新女友。
那個新女友……
有點像青花菜。
比起以前的女友，這樣也好，不是嗎……

早晨7時

第 163 夜 ◎ 炸蔬菜

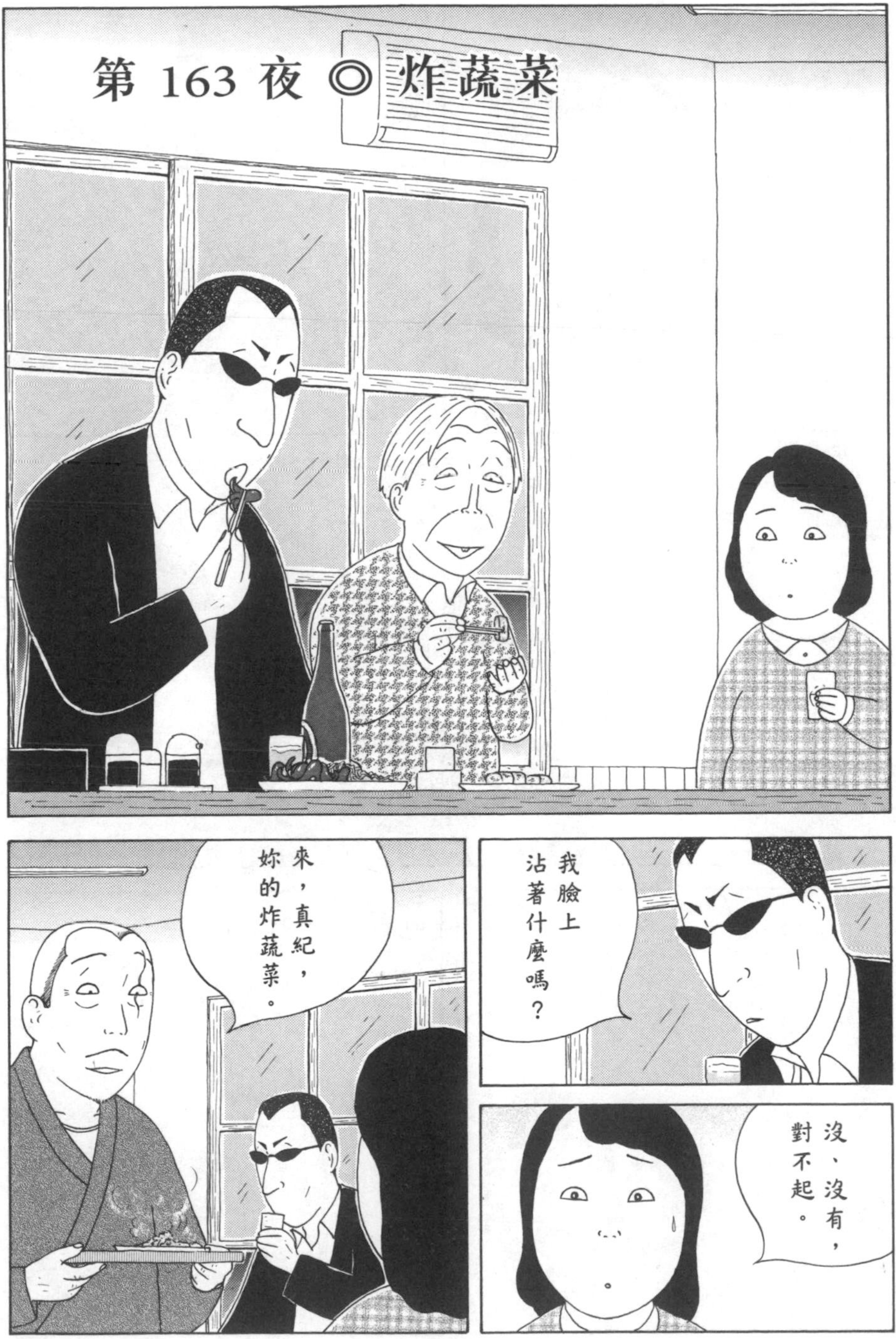
我臉上沾著什麼嗎？
沒、沒有，對不起。
來，真紀，妳的炸蔬菜。

我開動了。
喀喳
非常喜歡炸蔬菜的真紀，一邊在書店打工，一邊朝作家的目標邁進。
真紀來店裡除了吃炸蔬菜之外，就是觀察別人。
我們店裡的客人果然都是可以寫成故事的人啊！
妳寫什麼樣的小說？
推理小說。

討厭～不要把我寫成殺人犯啊！
不會啦……
啊，老闆，你有認識好的獸醫嗎？
獸醫？
新太郎哪裡不舒服嗎？
牠有一隻眼睛變成白色了。
新太郎是？
我養的臘腸犬。
對了，小壽壽桑的梅魯魯看的獸醫，介紹給她吧！
梅魯魯是小壽壽桑的愛貓。
每位客人限點三杯酒
好啊，梅魯魯的獸醫是非常好的醫生。
真的嗎？

非常感謝。對了……大概要花多少錢啊？
初診的話，一萬到一萬五千圓吧！
這麼貴啊？
對啊！我生病時，我家的老太婆就說「反正你有保險」，她還比較照顧小狗呢！
喔～
做各種檢查一次也要四萬到五萬圓，動手術的話，就要二三十萬，可能還不止呢！
咦？
是啊……
但是為了新太郎……
嗯，老闆，我要那種丼。

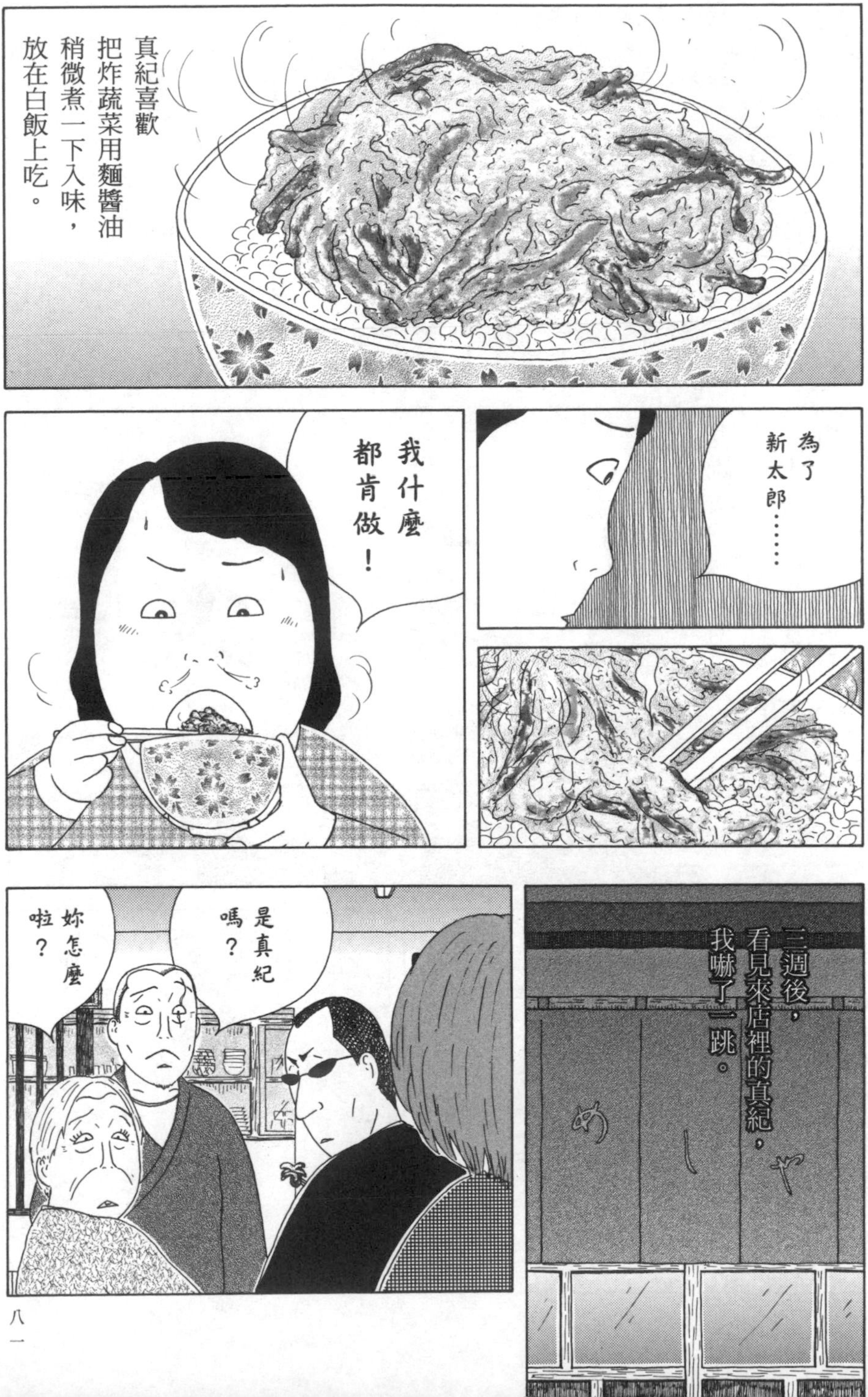
真紀喜歡
把炸蔬菜用麵醬油
稍微煮一下入味，
放在白飯上吃。
為了新太郎……
我什麼都肯做！
三週後，
看見來店裡的真紀，
我嚇了一跳。
是真紀嗎？
妳怎麼啦？

等下我會好好說明，現在我肚子好餓！
滋—
我開動了。
真紀說，小壽壽桑的獸醫介紹她專門治療狗的眼科，新太郎被診斷出是高齡白內障，為了進行手術，接受了高階儀器檢查和視網膜檢查。
到那時為止還只要十一萬。
醫生說盡早動手術比較好，我問要多少錢，醫生說大概要一百萬。

一百萬！
那妳有錢嗎？
完全沒有！
我的存款不夠，就用信用卡貸款，現在在做特種行業還錢。
為了狗，做到這一步嗎？
老闆，用這個做那種丼。
沒辦法啊！
為了愛犬而跨入特種行業的真紀，沒想到這行業很適合她，一下子就紅起來，貸款馬上就還清了。
真紀好像一掃陰霾，越來越漂亮了。

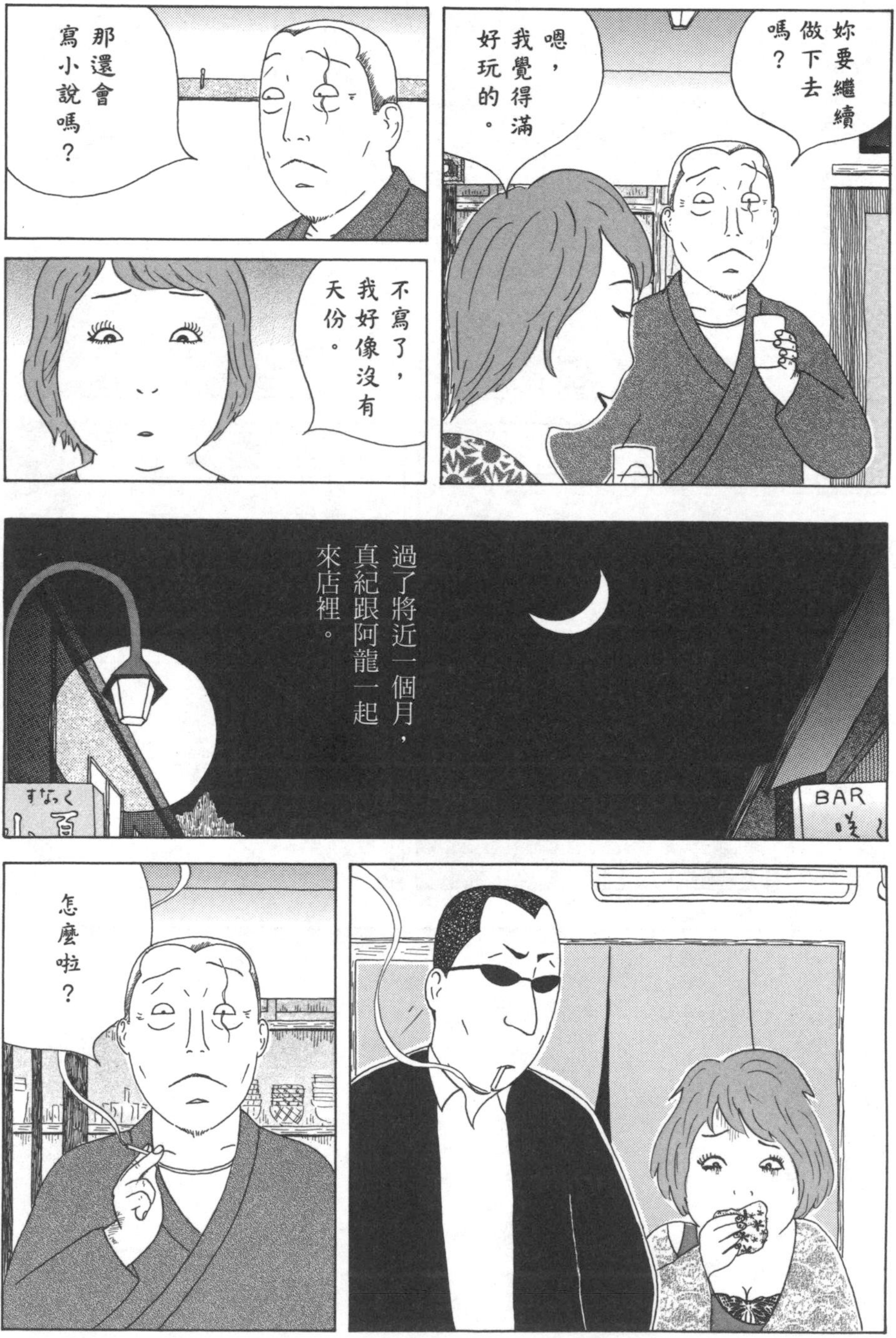
妳要繼續做下去嗎？
嗯，我覺得滿好玩的。
那還會寫小說嗎？
不寫了，我好像沒有天份。
過了將近一個月，真紀跟阿龍一起來店裡。
すなっく
BAR
怎麼啦？

最近每天都指名真紀的男人，一直跟蹤她，這天正纏著她不放時，阿龍剛好路過，替她解圍，然後，一起來店裡。
晚上的工作還是別做了吧？
嗯……
妳最近不要來這附近。同時，以防萬一，還是搬家比較好。
好。
一年後——

獲得新人推理小說大獎
炸蔬菜與紅香腸
牧田真紀
恭喜，太好了。
謝謝。那個……龍先生最近有來嗎？
嗯，還是吃紅香腸啊！小說裡的偵探阿龍就是他嗎？
是的。
得獎的作品是喜歡炸蔬菜的新人女警察跟總是吃紅香腸的偵探一起辦案的幽默推理小說。
老闆，用這個幫我做丼。
好。
令人在意的是，小說裡一開始被殺的人妖怎麼看都像小壽壽桑，他看了一定會生氣吧！

第164夜◎紅蘿蔔漢堡

老闆，我常吃的那種漢堡兩個。
總是帶女人來的勇太那天帶來的是一個臉色蒼白的青年。
好。
這是我表弟阿爽。
歡迎光臨，長得不像啊！
啊，嗯……

勇太常吃的漢堡一眼望去只是普通的漢堡……
?!
怎樣，阿爽？
光子姊做的漢堡裡面也有紅蘿蔔。
嗯……
這裡的老闆，只要點菜他都可以做給你。我來這裡都點這個，光子姊做的好好吃啊……
嗚嗚嗚……

嗚……
對、對不起。
光子姊是阿爽的大姊，九年前去世了。從小代替離家出走的母親照顧阿爽的就是她。
光子姊……
為了讓討厭紅蘿蔔的我也能吃，就把紅蘿蔔切碎，加進漢堡肉裡。
對不起，阿爽，我以為你已經克服悲傷了。
嗯，沒關係。謝謝你，阿勇。
老闆，我還可以再來吃這個嗎？
這樣就好的話，隨時都可以。

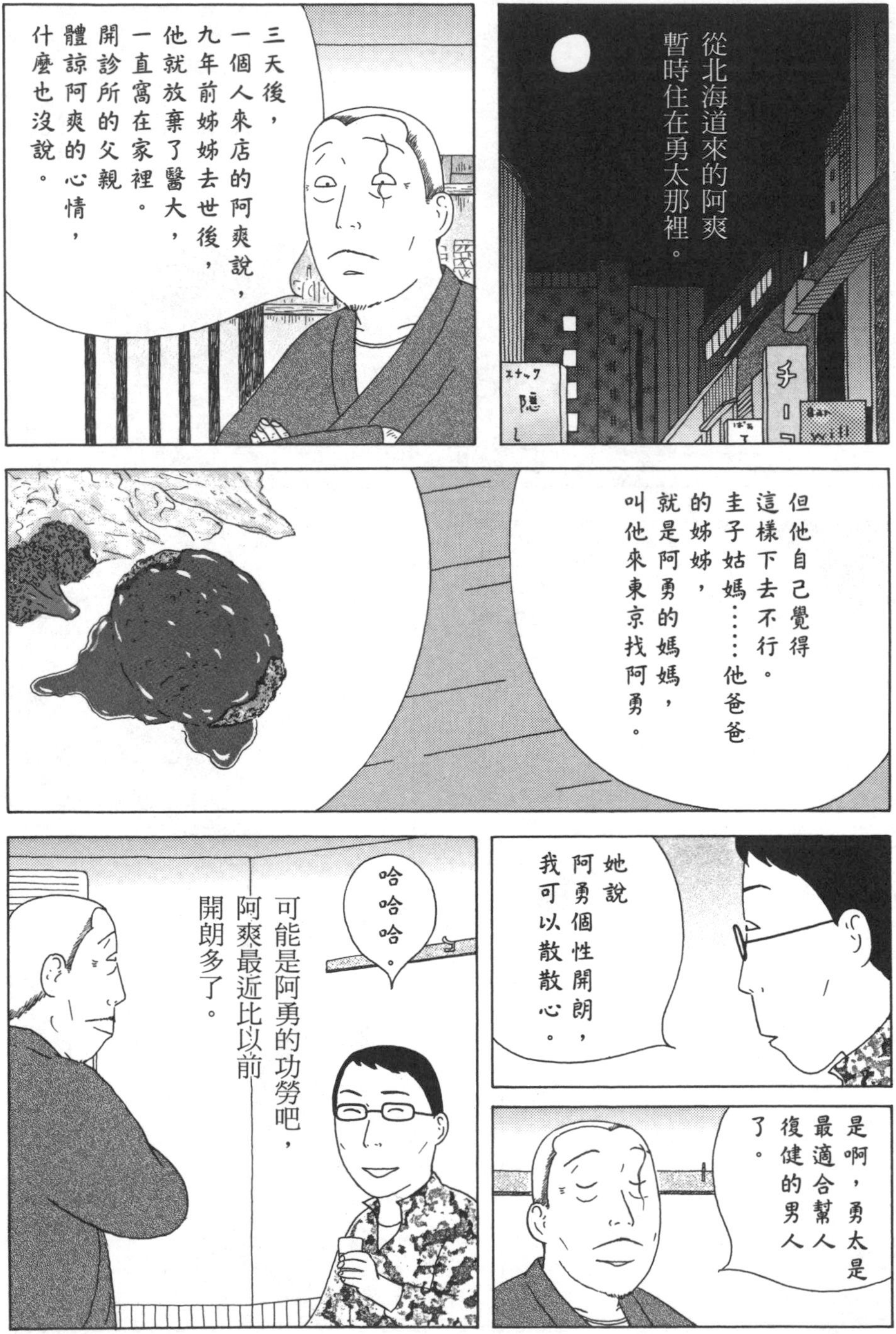
從北海道來的阿爽
暫時住在勇太那裡。
三天後，
一個人來店的阿爽說，
九年前姊姊去世後，
他就放棄了醫大，
一直窩在家裡。
開診所的父親
體諒阿爽的心情，
什麼也沒說。
但他自己覺得
這樣下去不行。
圭子姑媽……他爸爸
的姊姊，
就是阿勇的媽媽，
叫他來東京找阿勇。
她說
阿勇個性開朗，
我可以散散心。
哈哈哈。
可能是阿勇的功勞吧，
阿爽最近比以前
開朗多了。
是啊，勇太是
最適合幫人
復健的男人
了。

十天後
めしや
今天一個人嗎？
阿爽昨天開始在便利商店打工。
喀
啦
阿勇，等很久了嗎？
芽衣，對不起，突然叫妳出來。
今天也很波濤洶湧喔！
討厭……你要拜託什麼？

我表弟阿爽，之前我帶他去過妳店裡。
嗯。
跟阿勇一點也不像，很帥呢！
抱歉喔～
是說，阿爽已經三十歲了，還是童貞。
真的？
他一直窩在家裡。所以我想拜託芽衣讓阿爽脫處啦！
咦？
我想讓阿爽完全忘記光子姊……
哇，好興奮。
我答應！讓我做！
謝謝。
會這麼順利嗎……

三天後——
阿爽，原諒我啦，我是為了阿爽好……
用不著你雞婆。
阿勇，再也不要做這種事了。
沒關係，讓我來就好。
哇哇哇……
芽衣夜襲阿爽，他好不容易才逃得一命（？）……

我一輩子童貞就好。
阿爽……
……
但勇太還是買很多情色雜誌放在阿爽看得到的地方。
成人導遊
5月號
定價300圓
You You
鶯谷・大塚・上野
新宿・池袋
五反田他
應召服務
賓館服務
泰國浴
特別折價券
有一天……
阿勇，那個……帶我去泰國浴好嗎？
啥?!
這位小姐的店。

阿勇看了阿爽給他的雜誌才明白是怎麼回事。那位小姐跟去世的光子姊長得一模一樣。
這位小姐嗎？
……
東京
五反田
中級泰國浴
「Love Sister」
梓
H95
你喜歡這種啊……
怎樣？
很好啊，她很溫柔。

阿爽為了賺
去泰國浴的錢，
辭了便利商店，
當起牛郎。
沒想到越當越起勁，
現在已經是頭牌啦！
特別是年紀比較大、
長得不怎樣的女客人，
非常喜歡他。
他在店裡別名
「恐龍殺手阿爽」呢！
但是他偶爾來店裡
吃紅蘿蔔漢堡的時候……
久等了。
還是滿眼含淚。

第165夜◎鱷梨

最近變成常客的華子小姐大概都早上快六點時來店。先去附近的兩三家店，然後在我這裡結束，好像是她假日早上的慣例。據說她酒量很好，怎麼喝都不會醉。
歡迎光臨。
鱷梨加山葵醬油，是吧？
對。
燒酒加冰塊，然後……

華子小姐
以前用醬菜下酒，
有一次我拿人家送的鱷梨
給她當小菜，
她很喜歡，
之後就都點這個。
?!
早安。
喀啦
丈先生是空手道師傅，
晨練之後，
偶爾會來這裡吃早餐。

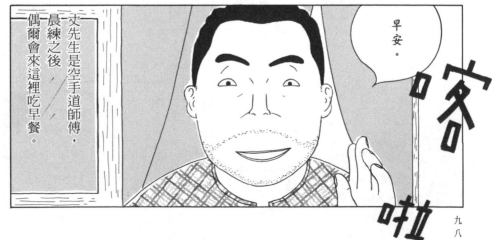

歡迎光臨。
剛才在路邊看見醉倒的傢伙，最近這種人變多啦，是天氣好的關係嗎？
好像是……難道是華子小姐的關係？
豬肉味噌湯定食 六百圓
這可難說。
老闆，再來一杯燒酒加冰塊。
那種人很多啊……

想把女人灌醉，趁機佔便宜的男人。
哼，不知死活。
鱷梨好好吃……
……
華子小姐離開後——
怎麼啦？丈先生變石頭了。

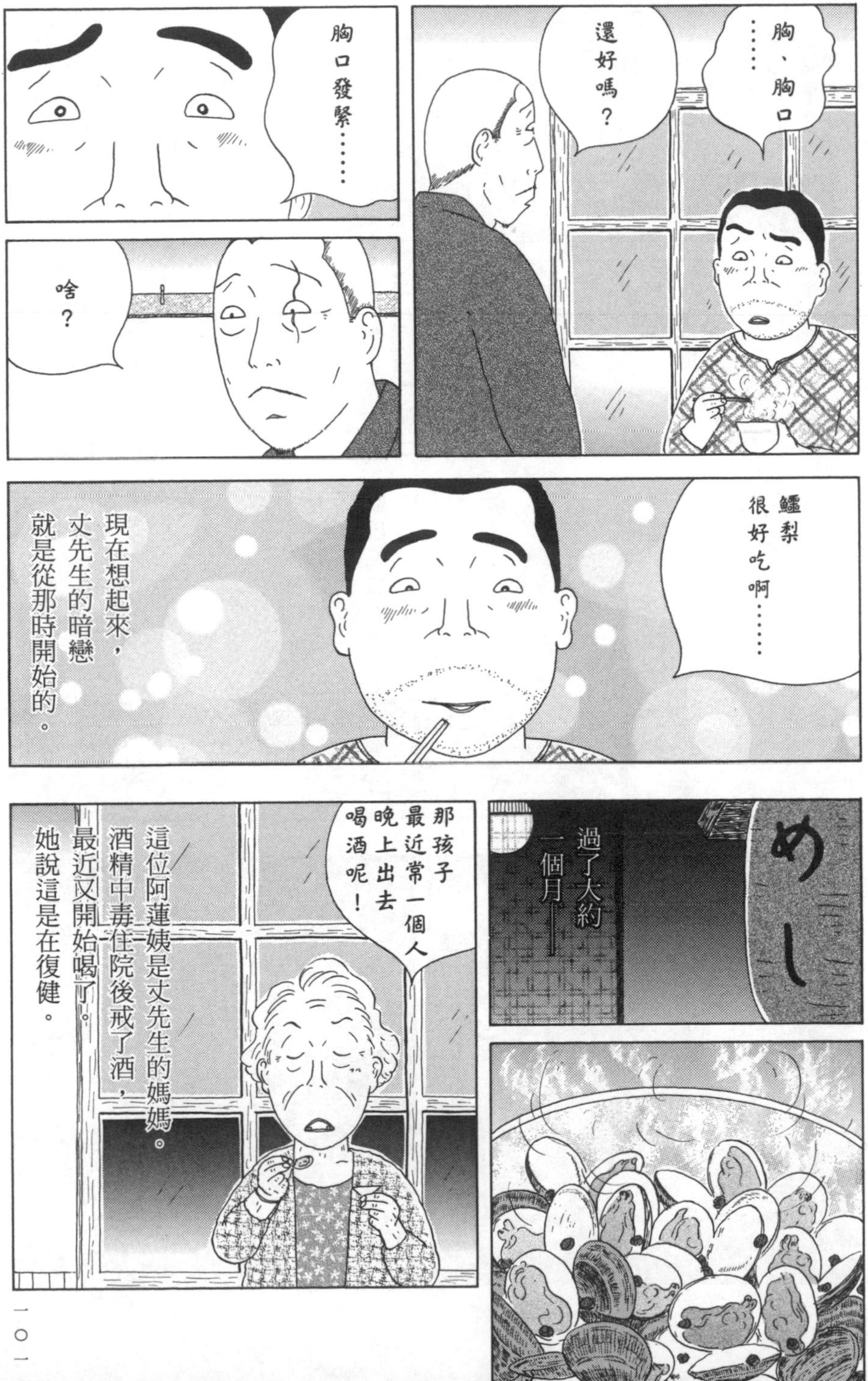
胸、胸口……
還好嗎？
胸口發緊……
啥？
鱷梨很好吃啊……
現在想起來，丈先生的暗戀就是從那時開始的。
めし
過了大約一個月——
那孩子最近常一個人晚上出去喝酒呢！
這位阿蓮姨是丈先生的媽媽。酒精中毒住院後戒了酒，最近又開始喝了。她說這是在復健。

欸……
他連酒怎麼喝都不知道。
常常倒在玄關就睡著了。
丈先生嗎？發生什麼事了？
天曉得，大概是有喜歡的女人了吧？
他還偷看什麼《把妹高招》呢，都已經五十歲的人了……
喔……
這麼說來，丈先生曾問我華子小姐都去哪些店喝酒。
嘶嘶嘶

最近常常碰面呢！
咦？啊，對。
你喜歡調酒嗎？
嗯，還好……
嗚……
?!
嘔—
之後丈先生有一陣子沒有露面。阿蓮姨前天來店時我問她，她說：「估計是被甩了，整天在發呆。」

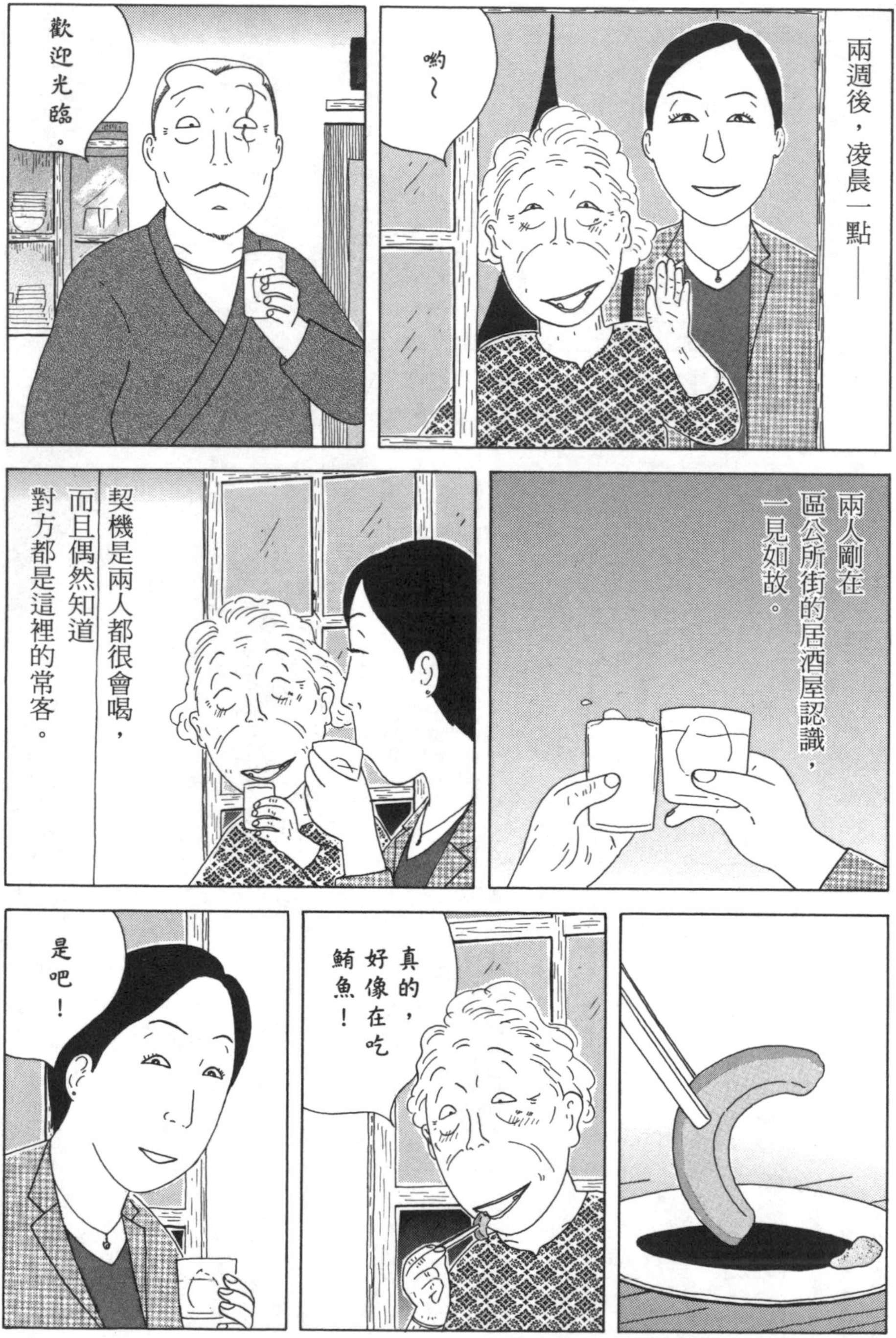
兩週後，凌晨一點——
喲～
歡迎光臨。
兩人剛在區公所街的居酒屋認識，一見如故。
契機是兩人都很會喝，而且偶然知道對方都是這裡的常客。
真的，好像在吃鮪魚！
是吧！

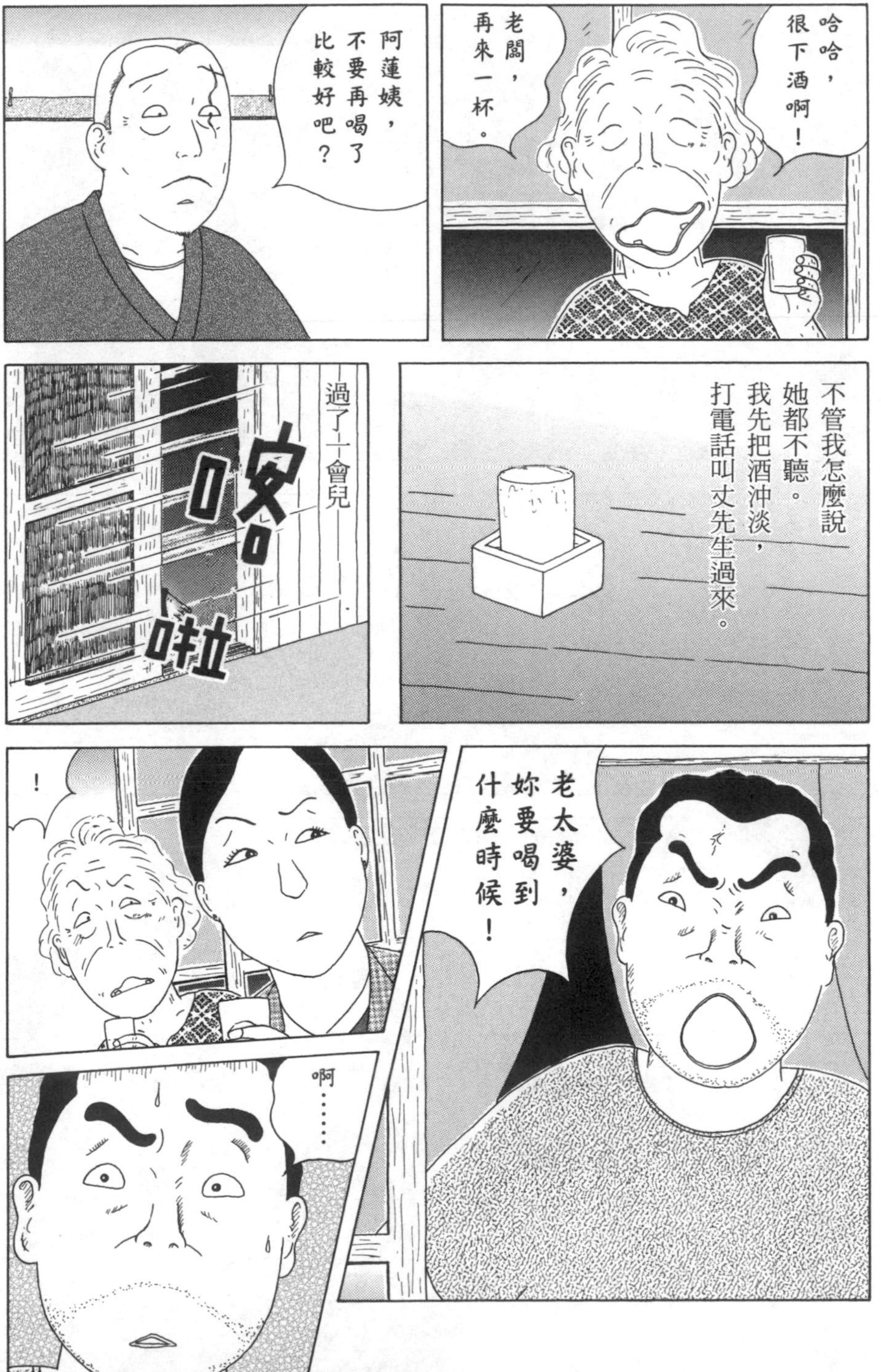
哈哈，很下酒啊！
老闆，再來一杯。
阿蓮姨，不要再喝了比較好吧？
不管我怎麼說她都不聽。我先把酒沖淡，打電話叫丈先生過來。
過了一會兒
喀啦
老太婆，妳要喝到什麼時候！
！
啊……

丈先生半哄半騙地
把阿蓮姨帶回去之後，
我跟華子小姐說了
這對口惡心善的母子的故事。
真好……
華子小姐的母親
四年前去世，
她們之前大吵一
架，一直沒有和
好。
在那之後，
華子小姐跟丈先生
清晨在店裡碰到時，
都會很親熱地聊天。
華子小姐總是喝了好幾家，
丈先生則是晨練剛結束，
一滴酒也沒沾。
但是跟喝了酒的
華子小姐比起來，
沒喝酒的
丈先生
臉反而比較紅呢！

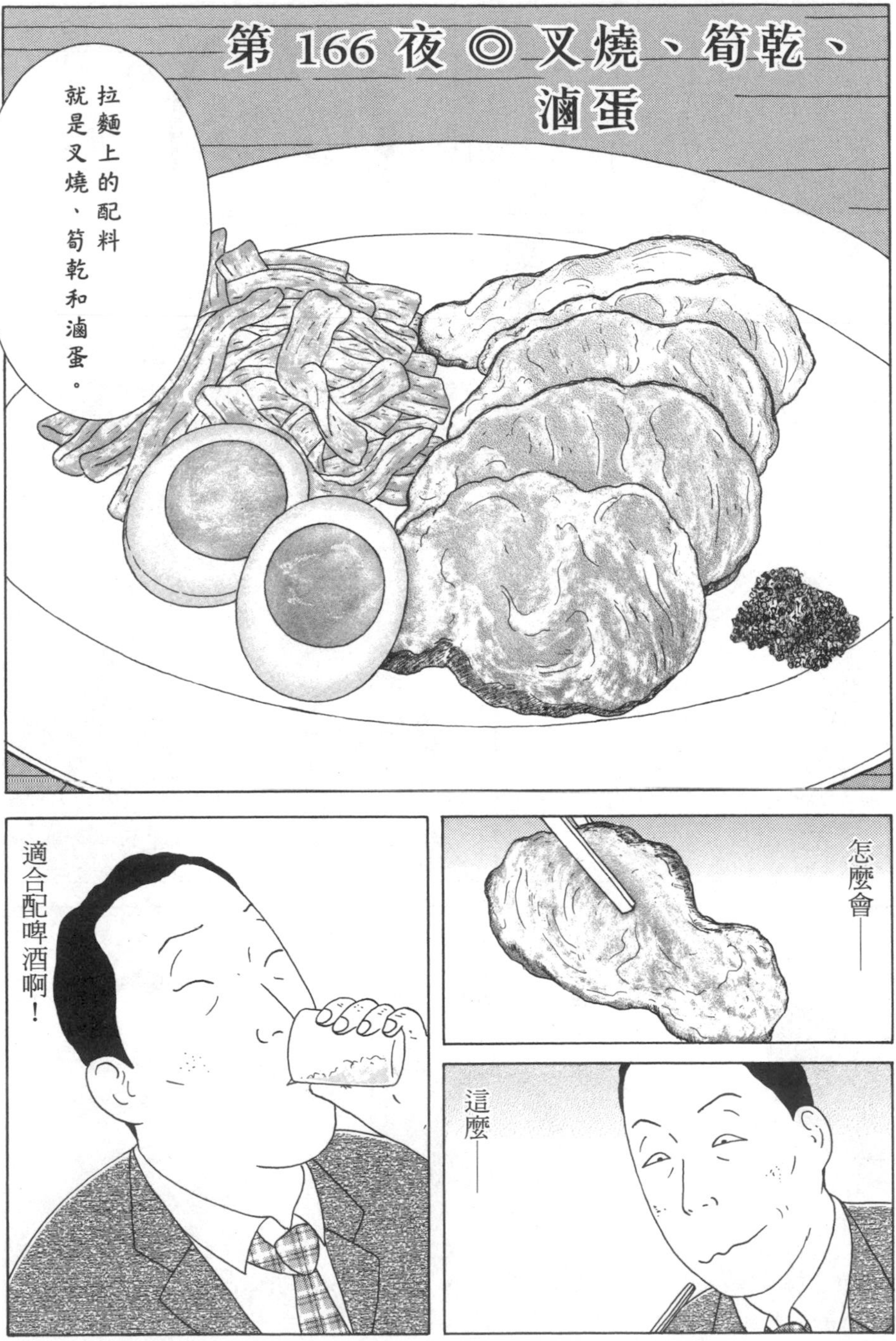
第166夜◎叉燒、筍乾、滷蛋
拉麵上的配料就是叉燒、筍乾和滷蛋。
怎麼會——
這麼——
適合配啤酒啊！

呼～
近藤先生是叉燒嗎？
啥？
井崎先生說從吃的東西可以看出人的性格。
初次見面，我是井崎。
一開始就吃叉燒真令人敬佩，真有男子氣概。
啥？
我會把筍乾分成三段吃，然後才吃叉燒。
……

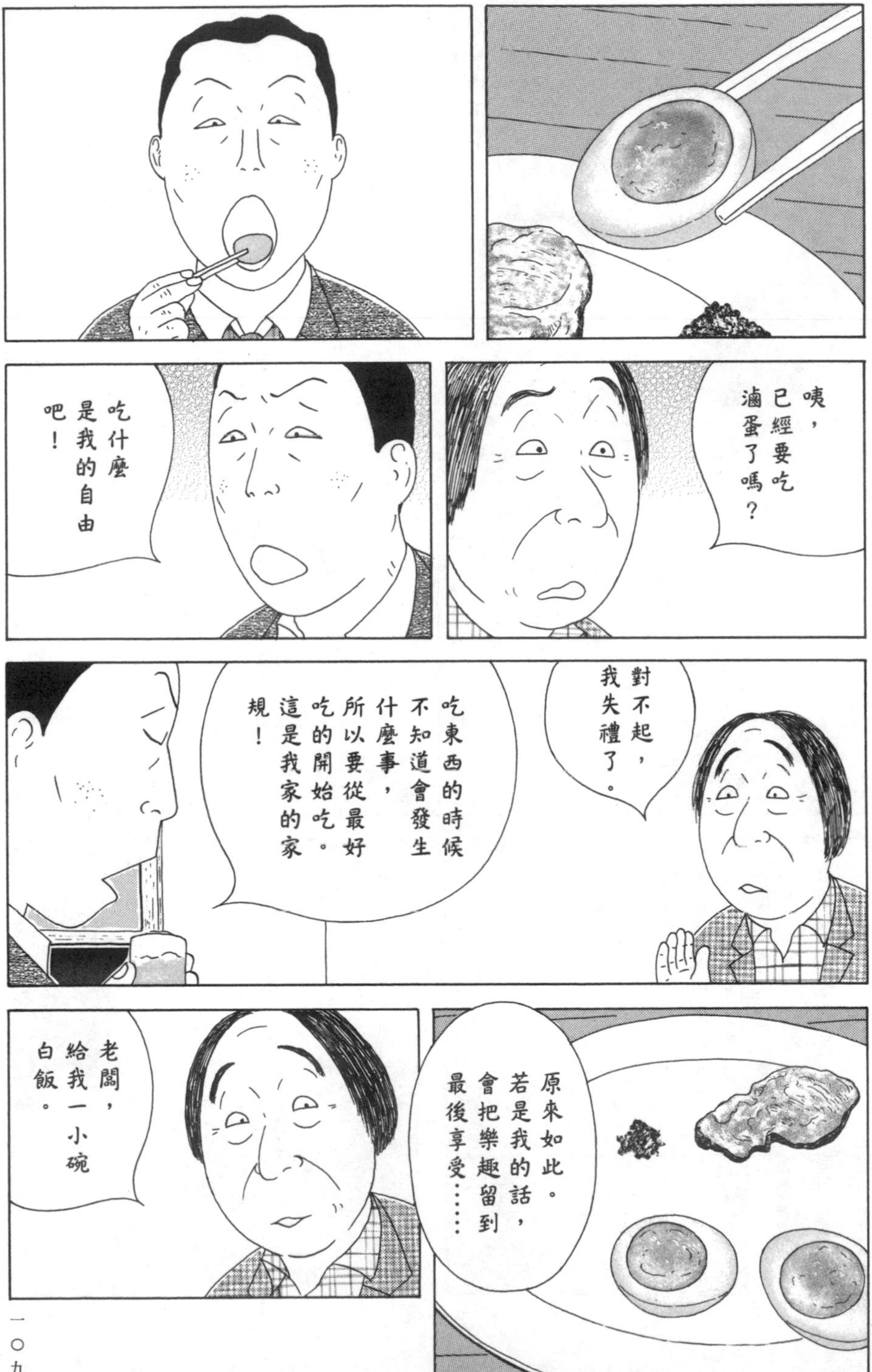
咦，已經要吃滷蛋了嗎？
吃什麼是我的自由吧！
對不起，我失禮了。
吃東西的時候不知道會發生什麼事，所以要從最好吃的開始吃。這是我家的家規！
原來如此。若是我的話，會把樂趣留到最後享受……
老闆，給我一小碗白飯。

大概是覺得尷尬，井崎先生用滷蛋配飯草草吃完，拿著空白收據離開了。
那傢伙怎麼回事啊？
井崎先生不是壞人，但有點怪怪的。他有「不想回家病」呢！
不想回家病？
雖然沒有明說，但他家裡好像常常不平靜，所以不想回家。
唔……
近藤先生跟井崎先生之後很巧地都在同一天來，他們都在廣告界工作，還有共同認識的人，自然就聊起來了。

喂，近藤啊！
你認識電廣堂的神谷先生嗎？
第三製作的？
對，神谷部長。他因為性騷擾被降職了。
咦，真的？
他以前就有前科啦！然後ＴＫ通訊的辻執行董事住進聖路加醫院，好像快不行了。
還有赤坂動畫的永井先生……
井崎先生對他人的不幸幸災樂禍，這些消息不知從哪來的，但他總是津津樂道。
♪
就快聽膩的時候，近藤先生的手機響了。

祐介，怎麼了？……這樣啊，太好了。星期天嗎？我會去的，加油！
……
不好意思。我兒子說下次比賽要當先發投手，他是高中棒球隊的投手。
喔，你們感情真好！
跟兒子不錯。我和老婆離婚了，兒子跟老婆住。
咦，近藤離婚啦？
離婚啦，真好！
這人也真是的，太喜歡別人的不幸了。
嗯，我家家規是好吃的東西就先吃，所以看到好吃的女人也立刻吃掉，我老婆受不了。

一週後——
井崎先生，怎麼了？
我兒子在家裡大鬧，最近原本有收斂一點……
唉。
井崎先生家裡不大平靜，原來是這樣啊……
六月底的時候，有一天井崎先生來了，樣子有點奇怪。
めしや
めし

他一下子
就夾起叉燒。
一口吃下去
原來是這個
味道啊！
沒看過他這樣興致高昂。
嘿嘿。
井崎先生，
發生什麼事
了嗎？
我剛滿
六十歲了，
今天是我生日。
終於等到
退休了，
嘻嘻嘻……
這樣啊，
恭喜。

這樣啊，你辛苦了。不以約聘身份繼續留在公司嗎？
才不要呢，誰要留在那種公司。
啊，上星期……
我兒子犯了傷害罪，現在被關在拘留所。
咦？
老實說，我鬆了一口氣。
而且昨天我老婆發現長了癌。
攪

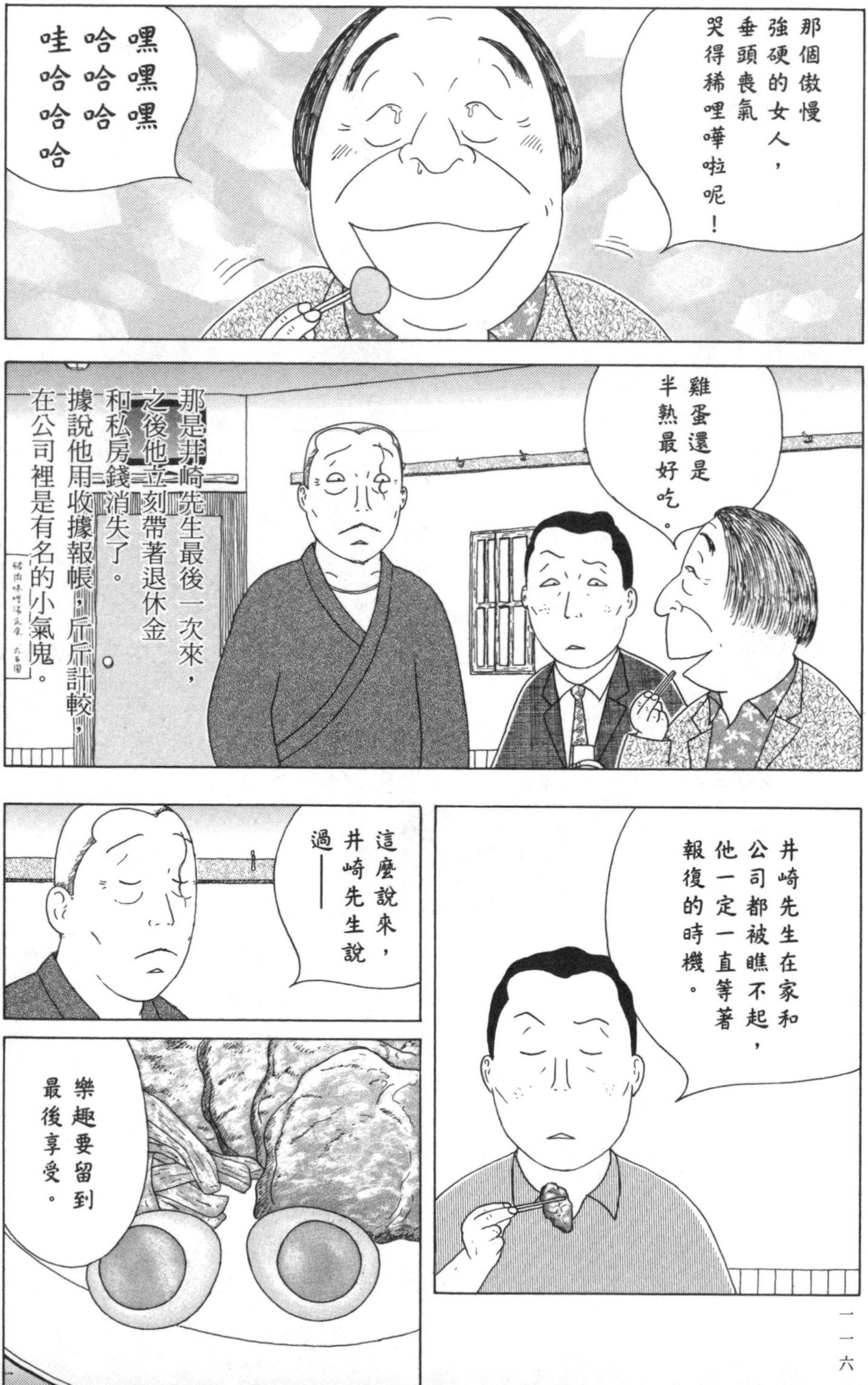
那個傲慢強硬的女人，垂頭喪氣哭得稀哩嘩啦呢！
嘿嘿嘿哈哈哈哇哈哈哈
雞蛋還是半熟最好吃。
那是井崎先生最後一次來，之後他立刻帶著退休金和私房錢消失了。
據說他用收據報帳，斤斤計較，在公司裡是有名的小氣鬼。
井崎先生在家和公司都被瞧不起，他一定一直等著報復的時機。
這麼說來，井崎先生說過——
樂趣要留到最後享受。

第167夜◎山椒鯡魚

三番街小酒店「會津」的媽媽桑暫時離開一陣子，把這些山椒鯡魚放在這裡。這個時節有不少喜歡媽媽桑的山椒鯡魚而來的客人。
沒想到能在這裡吃到山椒鯡魚。
嗯……
小瞳吃過嗎？
我最喜歡了。會津的阿嬤會送來，我爸是在會津出生的。

嗯～
小瞳之前才被自己倒貼的年輕男人甩了，非常消沉，看來現在已經振作起來了。
喀啦
有山椒鯡魚嗎？
有，「會津」的媽媽醃的。
那我要山椒鯡魚和白飯，還要豬肉味噌湯。
好，今天的米也是會津的。
啊！
?!

之前我包包掉了，是你幫我拿回來……
啊，那時候的。
怎麼，你們認識啊？
小瞳說，之前分手的男人一生氣就不知道會做出什麼事來，跟他小吵了一架，他就搶走小瞳的包包，扔到大馬路上。
包包剛好掉在等紅燈的卡車上，被載走了。
真過份。

然後這位……
啊，我叫和也。
和也先生偶然路過，幫我追上卡車拿回包包。
我是機車快遞啊！
這樣啊！
那時真是太感謝了。我驚惶失措，沒來得及問你的名字，也沒道謝。
沒關係，不要介意。
今天讓我請客吧！要喝燒酒還是啤酒？不用客氣，我想跟你道謝。
這樣啊，那就燒酒加冰塊吧！
老闆，快給他燒酒加冰塊！

這樣一來，小瞳當然是當天立刻就把他帶回家了。
次日——
めし
我覺得我們之間有紅線牽著呢！
又來了。
上次也這麼說啊！
豬肉味噌湯定食 六百圓
啤酒（大）
這次是真的。我們屁股上同樣的地方都有痣呢，很不可思議吧！
……
聽我說，這個星期天我們要一起騎機車去箱根。
小瞳會騎機車啊？

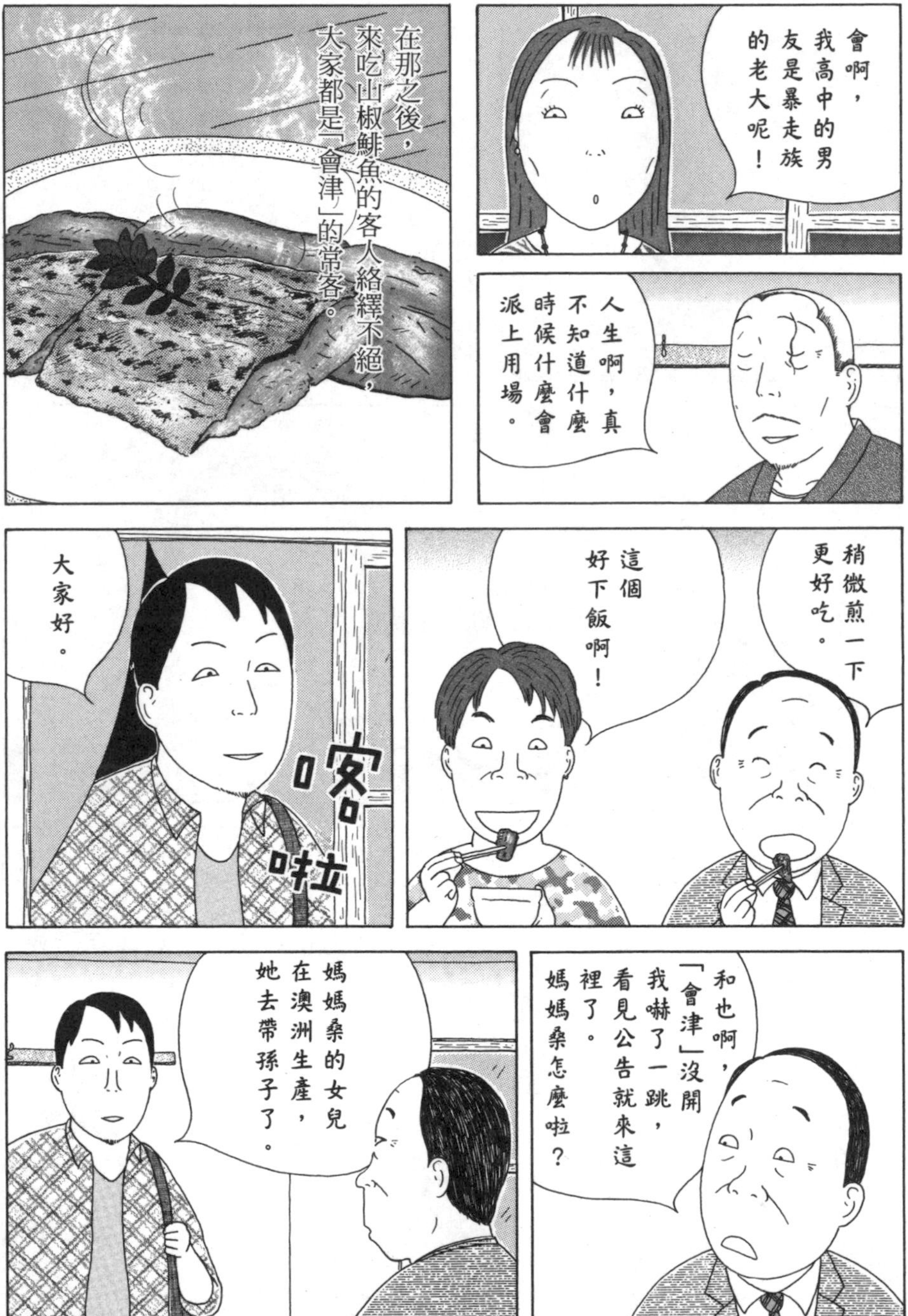

會啊，我高中的男友是暴走族的老大呢！
人生啊，真不知道什麼時候什麼會派上用場。
在那之後，來吃山椒鯡魚的客人絡繹不絕，大家都是「會津」的常客。
稍微煎一下更好吃。
這個好下飯啊！
大家好。
喀啦
和也啊，「會津」沒開我嚇了一跳，看見公告就來這裡了。媽媽桑怎麼啦？
媽媽桑的女兒在澳洲生產，她去帶孫子了。

她有那麼大的孩子啊？
媽媽桑幾歲？
我不太確定，大概五十四歲左右吧？
咦，比我還大？
等很久了嗎？
喀啦
沒有，剛剛才到。
啊，幸好。
老闆～～嘿嘿嘿。
怎麼啦？樂成這樣。

我們從今天開始同居啦！
嗯。
！
咦?!
之後這兩人一直卿卿我我。
和也，真的可以嗎？我比你大八歲耶！
年齡無所謂。以前就說過了，我跟小瞳在一起覺得非常輕鬆啊！
小瞳～
和也～
「會津」媽媽桑的山椒鯡魚就快吃完的時候——
11号
SNACK
くうくう

和也騎機車送快遞時出了車禍，陷入昏迷。
嗚……
怎麼了？
我就知道會有這麼一天，我不可能得到幸福的。
……
在那之後，小瞳每天都去醫院握著和也的手。可能是真心感動上天，和也醒來了，再過不久應該就可以出院。
嗯～

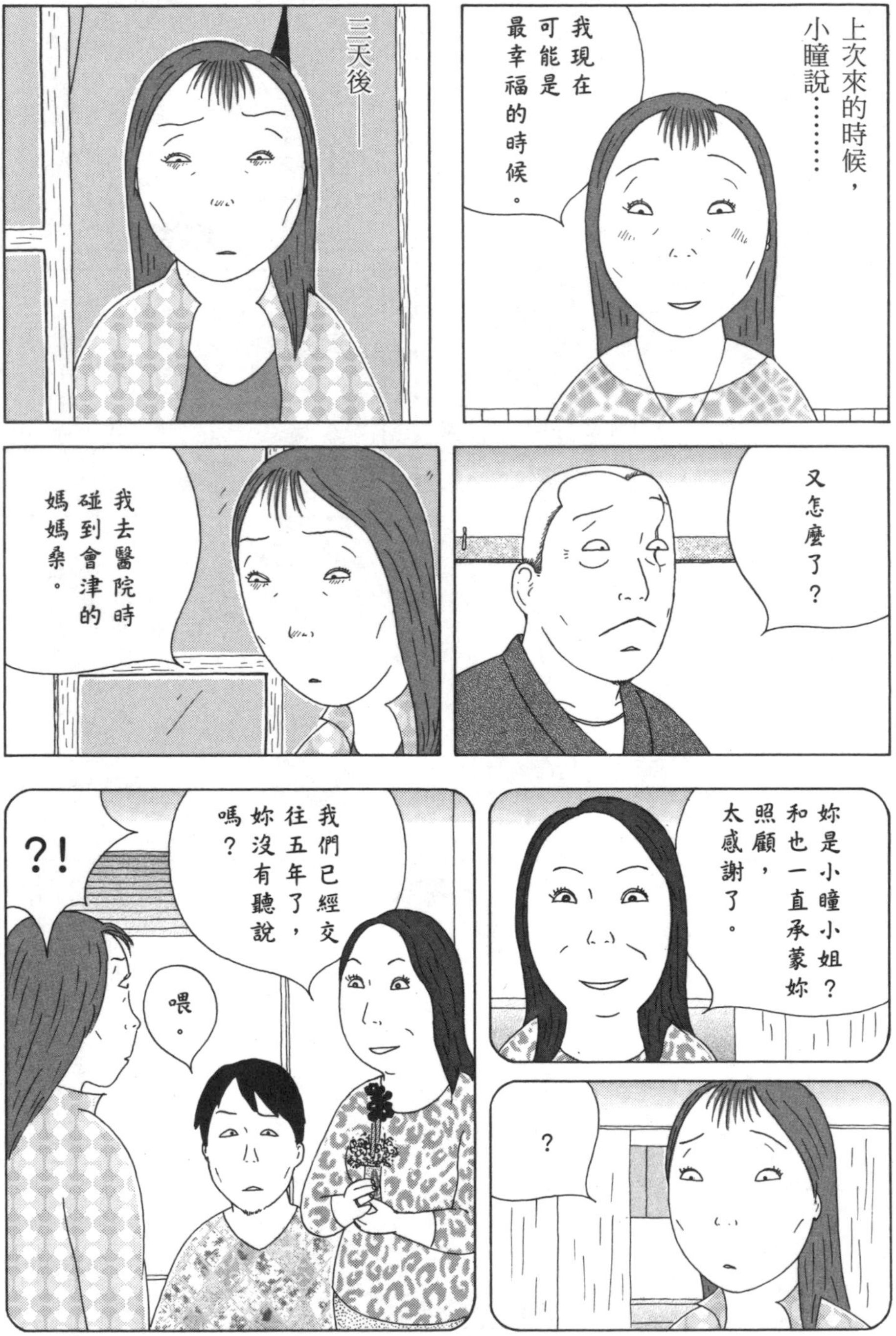
上次來的時候，小瞳說………
我現在可能是最幸福的時候。
三天後——
又怎麼了？
我去醫院時碰到會津的媽媽桑。
妳是小瞳小姐？和也一直承蒙妳照顧，太感謝了。
？
我們已經交往五年了，妳沒有聽說嗎？
喂。
?!

我跑出醫院，之後的事情都不記得了……
喀
啦
大家好。
媽媽桑?!
!
咚
咚
和也跟我說了。

對不起，我想跟小瞳在一起。
和也……
小瞳小姐，和也就拜託妳了。
！
和也出院的那天，兩人去登記結婚了。
小瞳雖然吃了不少苦，但終於得到良緣。恭喜啊，小瞳。

第168夜◎山藥泥蓋飯

最近很多人點山藥泥蓋飯，店裡就常備著。山藥泥淋在白飯上，加上濃高湯，幾碗都吃得下。是有點危險的料理呢！
唔，吃太多了。
那就不要賣這種山藥泥啊！
就算是真由美，四碗也太多了吧？

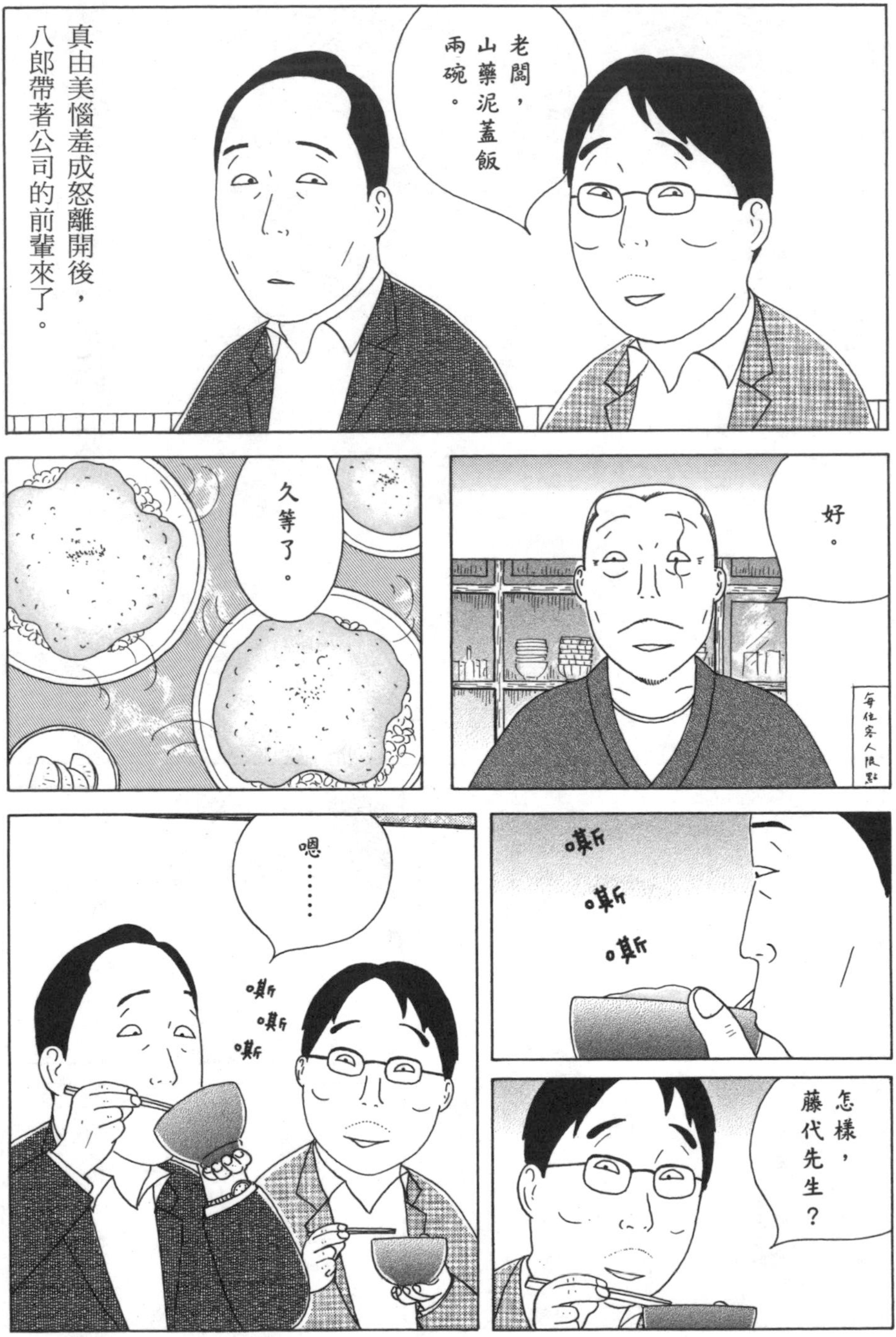
老闆，山藥泥蓋飯兩碗。
真由美惱羞成怒離開後，八郎帶著公司的前輩來了。
好。
每位客人限點
久等了。
嘶
嘶
嘶
嗯……
嘶
嘶
嘶
怎樣，藤代先生？

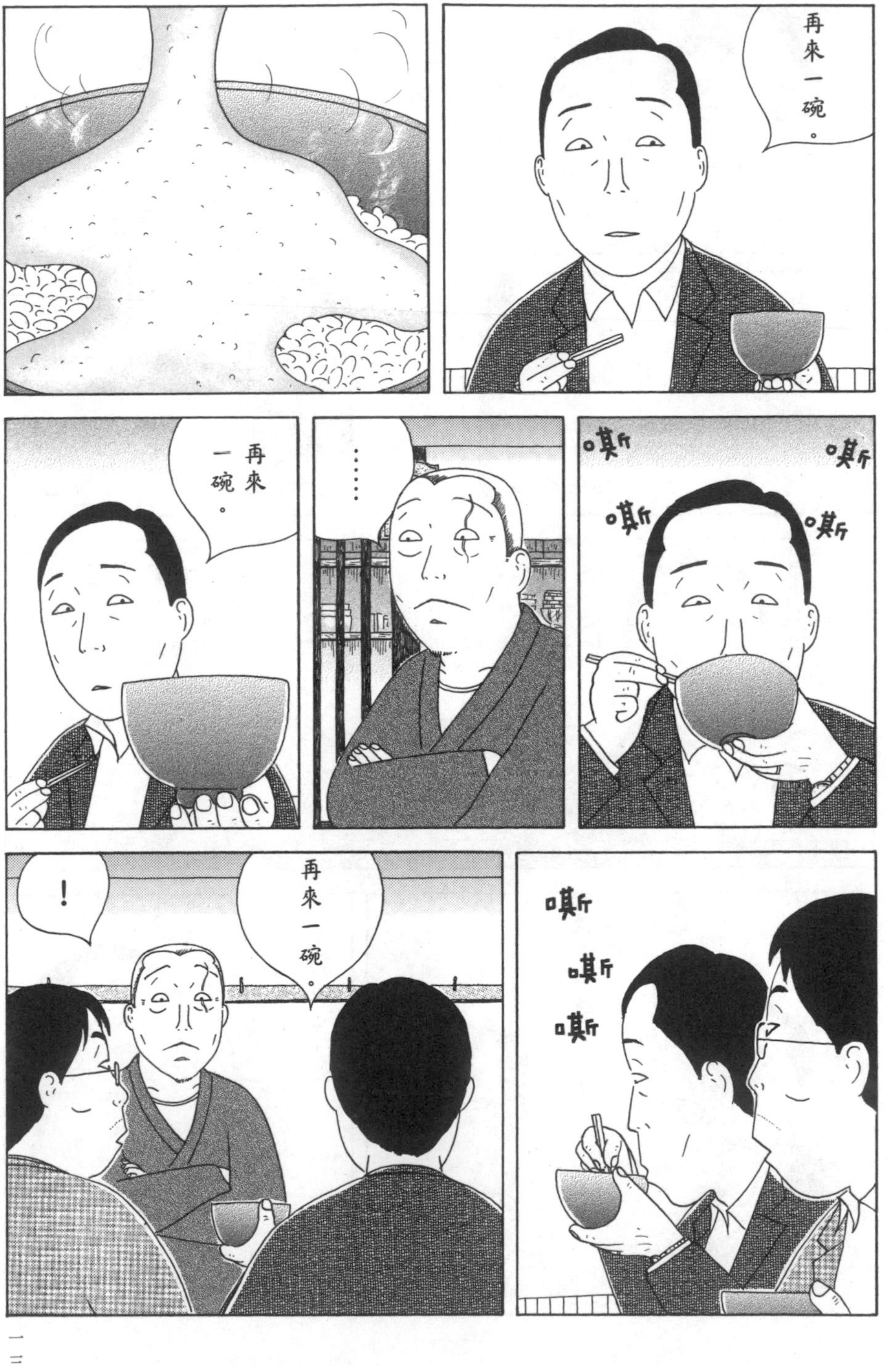
再來一碗。
嘶
嘶
嘶
嘶
……
再來一碗。
嘶
嘶
嘶
再來一碗。
！

唔……
藤代先生吃了比真由美更大碗的四碗。
沒問題嗎？平常吃很少的。
啊，好久沒吃這麼飽了。山藥泥蓋飯太好吃了。
話雖如此，暴飲暴食還是不大好，白飯也沒了。
每位客人限點
對不起，下次我會克制一點。
藤代先生的手機響了。
♪
喂，好，我知道了。我這就去。
我先告辭了，八郎，謝謝你介紹我這家好店。

他明明說這星期太太出差不在家……
藤代先生很疼老婆，但有時候行動詭異。
唔……
五天後——
めし
啪
啊！
哈哈。
我要山藥泥蓋飯，今天兩碗就好。
喀啦

要乘勝追擊啊……
當然。
喔，不錯啊！
小哥會下將棋嗎？
會一點。
嗯……
這不是走投無路了嗎？
哪邊？
這邊。
我嗎？
咦，我贏了嗎？

嘶
嘶
嘶
嘶
小哥將棋很強啊！
小時候爸爸回家的時候，常跟他下。
爸爸一直單身在外工作。他也很喜歡山藥泥蓋飯。
爸爸回家的時候，我們一家人就一起磨山藥泥。姊姊穩住研缽，我磨山藥，媽媽加高湯……

山藥泥是藤代先生回憶中的滋味呢！
我小學六年級時爸媽離婚，從那之後一直沒再吃過。
……
老闆，再來一碗。
一個月後——
最近藤代先生有來嗎？
沒有。
藤代先生離婚了，被太太發現他女友懷孕。
咦？

過了半個月，
藤代先生跟年長的男性
一起來店裡。
歡迎光臨。
我一眼就看出
他們是父子。
每位客人限點三杯酒
兩人偶然在
歌舞伎町的將棋俱樂部碰見，
已經二十年沒見，
一見面立刻下起將棋。
真是傻
啊……
我是
你兒子啊！
看，
很可愛吧！
你的
孫子喔！
嗯……

這誰？
你的妹妹跟外甥。
山藥泥蓋飯，久等了。
嘶
嘶
嘶
嘶
真好吃。
父子真的會有很多地方相像啊……
是吧！

第 169 夜 ◎ 西洋芹

別看美砂小姐這個樣子，
她以前是不良少女呢！
現在在會計師事務所
當稅務師。
人都有過去啦！
久等了。
大份
西洋芹。
啪
嗒
唔……

美砂小姐真喜歡西洋芹……
啪喳啪喳
攝影師小道是美砂小姐在神戶當不良少女的時候認識的，在店裡碰到兩人都大吃一驚。
小道要不要吃？
不用了，我討厭西洋芹。
男子漢大丈夫討厭的東西還真多。紅蘿蔔跟納豆也不吃，對吧？
還有青椒……
喀啦
韭菜豬肝跟啤酒。
啊！

你們約好的啊？
沒有，偶然撞衫。
我最近已經沒去UNIQ買衣服了說。
小道跟越村對衣服的品味很像。這種事常有，是吧？
喔！
越村，這是我在神戶時認識的美砂小姐。她現在在東京當稅務師。
初次見面，我是作家越村。真是漂亮的小姐啊！

謝謝，我是美砂，請多指教。
看起來漂亮，其實很恐怖喔！
要你廢話。
啪
好痛。
就是這樣。辛苦啦！
啊，謝謝。
但是撞衫很不爽吧？
就是啊！
有一段時間看見他就討厭。
這麼說來，我今天也在電車上……

?!
正面看到她是第一次，之前也看過她跟我穿一樣的衣服，拿一樣的包包。
怎樣的人？
有點胖的女生。
上個月我週一才買的衣服，她週五就穿了一樣的。
那是跟蹤狂吧？
女人跟蹤女人？好噁心。
越村，要不要吃西洋芹？
呃……
我不用了。
你討厭西洋芹？
你們倆果然很像啊！

一週後——
めしや
又來了。
今天她又學我了，真是太過份了。
前天美砂小姐在百貨公司買衣服，搭電扶梯下樓時……
?!
然後今天我又看到她穿和我前天買的一樣的衣服，跟我一起搭電車。
咦？她怎麼知道妳買了什麼？
大概是看到我買的牌子的袋子吧……

這時小壽壽桑來了——
唉喲，這件衣服最近很流行嗎？
咦？
我在街角看到也穿這件衣服的女人，一直在看這裡呢！
什麼！
美砂小姐立刻衝出去。
光
ANTA
ド
BAR
未来
喂，妳到底想幹嘛！過來！
ゆき
給我說清楚，妳為什麼要學人家？
……
呀……

妳不說我就不客氣了！
對、對不起……
為什麼要學我？
對不起，我是美砂小姐的粉絲。
粉絲?!
每天早上都在電車上看到妳，我很仰慕妳。半年前美砂小姐在電車上扭著變態的手臂，把他交給管理人員吧？
從那之後我就迷上美砂小姐了。
妳怎麼知道我的名字？

我有朋友在徵信社工作，我拜託他調查的。在哪裡買衣服啦、去哪裡喝酒啦……
唔～
我想跟美砂小姐一樣！
我不知道妳在說什麼。
啊……我得點吃的。
那我也要跟美砂小姐一樣的東西。
來，跟美砂小姐一樣的。
咦，西洋芹啊？
怎麼，妳不吃嗎？
不，我吃。

嗚……
不用勉強了……這樣模仿皮毛真的很噁心。
妳啊，剛才說想跟我一樣。
對。
那妳也刺一個吧！
……
這麼一來就解決了。在那之後她就不再模仿了，最近跟美砂眼神交會的時候，她臉色發青，低頭避開。可能是害怕刺青吧……

清口菜

清口菜◎馬鈴薯沙拉火腿捲

知名AV男優大木先生帶著跟他一模一樣的年輕人來店裡。
歡迎光臨，是大木先生的私生子嗎？
哈，不是，是我外甥，妹妹的兒子。
你好，我是達也。
今年春天考上東大了。
唉呀，恭喜。
今天我帶他去了好地方，替他慶祝。

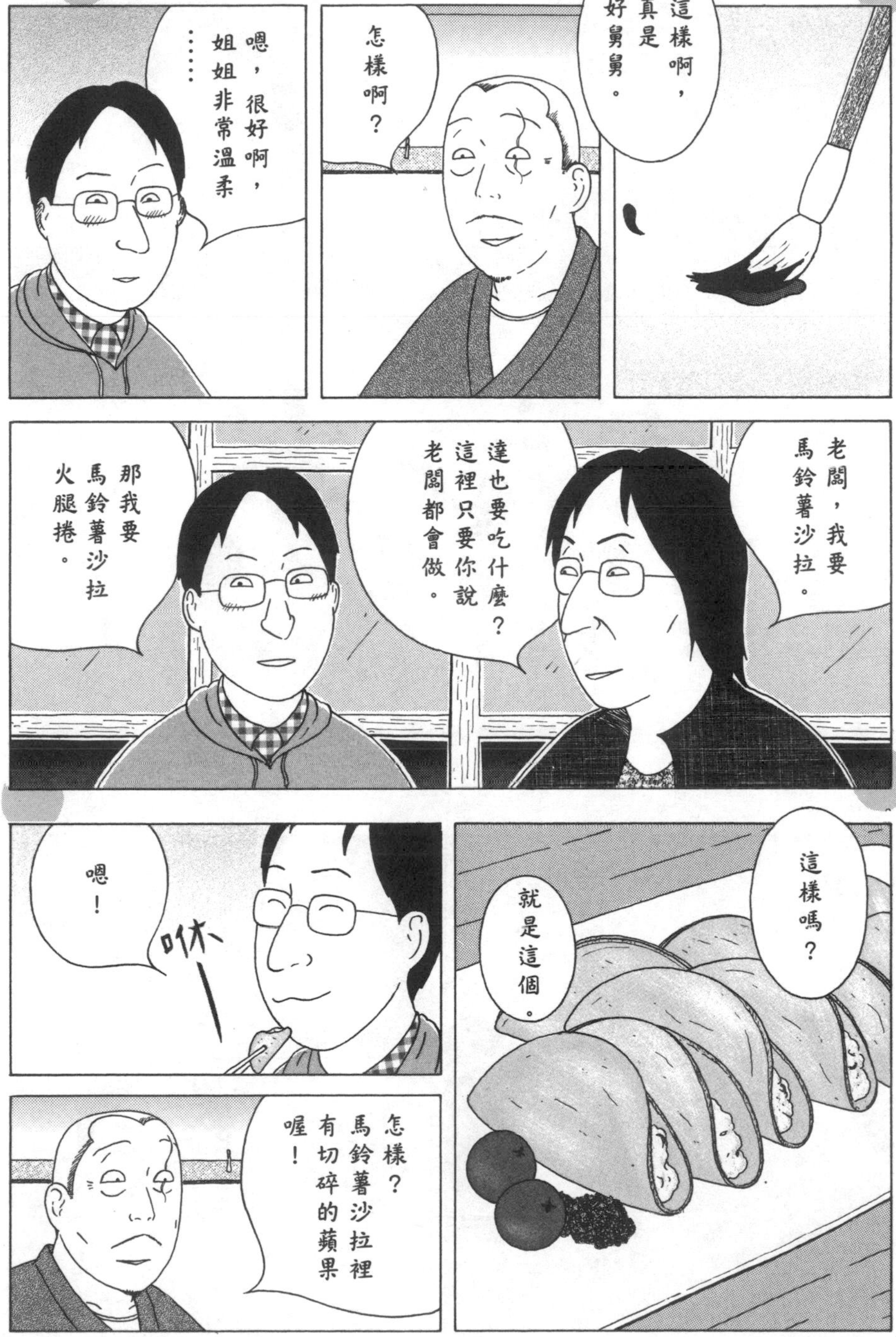
這樣啊，真是好舅舅。
怎樣啊？
嗯，很好啊，姐姐非常溫柔……
老闆，我要馬鈴薯沙拉。
達也要吃什麼？這裡只要你說老闆都會做。
那我要馬鈴薯沙拉火腿捲。
這樣嗎？
就是這個。
嗯！
咻—
怎樣？馬鈴薯沙拉裡有切碎的蘋果喔！

嗯，很好吃。
對了，老闆，下一集什麼時候出啊？

秋天吧？肚子餓的時候。

晚上會肚子餓的季節
又來了，
跟著晚上會肚子餓的季節
一起來的——

深夜食堂（シンヤショクドウ）

第13集
秋天
預定發售

這個國家四季分明，
每個季節都很美，
但肚子最會餓的
還是秋天，
美食最多的也是秋天。
新的一集
就要在秋天發售。

秋天啊……達也，秋天我帶你去吉原玩吧！

真的嗎？快點到秋天吧！

這下有了活下去的希望呢！
對！

深夜食堂YY0312

深夜食堂12

作者
安倍夜郎（Abe Yaro）
一九六三年二月二日生。曾任廣告導演，二〇〇三年以《山本掏耳店》獲得「小學館新人漫畫大賞」，之後正式在漫畫界出道，成為專職漫畫家。
《深夜食堂》在二〇〇六年開始連載，由於作品氣氛濃郁、風格特殊，二度改編成日劇播映，由小林薰擔任男主角，隔年獲得「第55回小學館漫畫賞」及「第39回漫畫家協會賞大賞」。

譯者
丁世佳
以文字轉換糊口二十餘年，英日文譯作散見各大書店。對日本料理大大有愛；一面翻譯《深夜食堂》一面照做老闆的各種拿手菜。
長草部落格：tanzanite.pixnet.net/blog

書籍裝幀　黑木香＋Bay Bridge Studio
版面構成　倪旻鋒
內頁排版　黃雅藍
手寫字體　鹿夏男、吳偉民
責任編輯　詹修蘋
行銷企劃　張蘊瑄
副總編輯　梁心愉
版權負責　陳柏昌

初版一刷　二〇一四年三月十日
初版十刷　二〇二〇年十一月十八日
定價　新臺幣二〇〇元

ThinKingDom 新經典文化
發行人　葉美瑤
出版　新經典圖文傳播有限公司
地址　臺北市中正區重慶南路一段五七號一一樓之四
電話　02-2331-1830　傳真　02-2331-1831
讀者服務信箱　thinkingdomtw@gmail.com
部落格　http://blog.roodo.com/thinkingdom
總經銷　高寶書版集團
地址　臺北市內湖區洲子街八八號三樓
電話　02-2799-2788　傳真　02-2799-0909
海外總經銷　時報文化出版企業股份有限公司
地址　桃園市龜山區萬壽路二段三五一號
電話　02-2306-6842　傳真　02-2304-9301

深夜食堂 / 安倍夜郎作；丁世佳譯. -- 初版. --
臺北市：新經典圖文傳播, 2014.03-
冊；　公分

ISBN 978-986-5824-17-4（第12冊：平裝）

861.57　　100017381